언러키 스타트업

민음사

언러키
스타트업

정지음

시트콤 소설

차례

SGC TEST

주의 사항

* 본 테스트는 신뢰할 만한 전문가의 자문 없이, 몇몇 회사원들의 불평불만에서 고안되었습니다.
* 해당 테스트 결과를 실제 퇴사 고민에 대입하지 마십시오. 오차 범위는 무한대입니다.
* 해당되는 번호에 체크하고, 마지막에 합산하여 점수를 내십시오.
* '□' 항목은 체크 하나당 1점으로 계산합니다.

1. 귀하의 연봉을 계산하는 기준은 무엇입니까?

    ◎ 내가 대표다.
    ① 12개월
    ② 13개월(일명 퇴직금 포함)
    ③ 측정 불가(일정하지 않음)

④ 수습 기간(70% 수령 중)

⑤ 기타

2. 올해 귀하의 연봉 상승률은 어떠하였습니까?

◎ 20% 이상

① 11% 이상

② 5.0~10%

③ 1.0~4.9%

④ 삭감 또는 동결(실질적 삭감)

⑤ 직급만 오름, 연봉은 동결

3. 귀하의 출퇴근 소요 시간은 하루 평균 어느 정도입니까?

◎ 30분 미만

① 30분 이상, 한 시간 미만

② 한 시간 이상, 두 시간 미만

③ 두 시간 이상

④ 두 시간 이상 + 다회 환승

⑤ 세 시간 이상

4. 귀하의 회사에서는 근로자에게 식사를 제공합니까?

　　◎ 식사 일체와 간식을 자유롭게 지급한다.

　　① 점심 식사를 지급한다.

　　② 식사를 지급하지 않지만 간식을 지원한다.

　　③ 식사를 지급하지 않고, 간식을 지급하지도 않는다.

　　(먹을 것이라곤 둥글레차와 맥심뿐인 경우도 해당)

　　④ 식사를 지급하지만, 애로 사항이 많다.

　　(싫은 사람과의 필수 겸상, 메뉴 선택권 없음, 본인이 주문·상

　　차림 담당인 경우 등)

　　⑤ 식사를 지급하지 않고, 식사에 애로 사항도 많다.

5. 귀하의 회사에는 대표가 몇 명입니까?

　　◎ 내가 대표다.

　　① 웬만한 1명

　　② 지독한 1명

　　③ 2명 이상

　　④ 3명 이상

　　⑤ 대표 1명 외 대표 가족 상시 근무

언러키 스타트업

6. 상사 또는 대표가 귀하를 어떻게 호칭합니까?

   ⓪ 닉네임 또는 '님'자 붙여 호칭, 상호 존칭
   ① 닉네임 또는 '님'자 붙여 호칭, 자유로운 존칭
   ② 성 + 직급
   ③ 이름 "○○아~"
   ④ "야" 또는 "너"
   ⑤ 기분 따라 모두 혼재함.

7. 귀하는 대표 또는 상사, 동료에게 악감정을 느껴 본 적이 있습니까? 있다면, 어느 정도입니까?

   ⓪ 없다.
   ① 때때로 밉다.
   ② 꾸준히 화가 나기 시작했다.
   ③ 잔잔하지만 깊은 증오를 품고 있다.
   ④ 분노에 몸이 떨릴 지경이다.
   ⑤ 할 수만 있다면 저 사람을 어떻게든 처리하고 싶다.

8. 회사가 귀하에게 '눈치'를 준다는 생각이 드는 영역에 체크하십시오.

   * 복수 응답 가능

☐ 화장실, 양치질, 업무적 통화, 회의 등 필수적 자리 비움

☐ 사내 건전한 친목 또는 사내 친목 거부에 대한 눈총

☐ 정시 출근과 정시 퇴근(추가 근무, 야근, 주말 출근 강요)

☐ 취미, 연애, 결혼, 출산, 교우 관계, 주말 일정 등 사생활 감시

☐ 정치 성향, 성적 지향 등 사상 검증

☐ 비정상적 업무량과 잔업 요구

☐ 복지, 연차, 법적 휴게 시간, 업무적 필수 비용 사용

9. 귀하가 회사에서 주로 하는 생각에 체크하십시오.

* 복수 응답 가능

☐ 집에 가고 싶다.

☐ 퇴사하고 싶다.

☐ 하기 싫어 죽겠네.

☐ 이 돈 받고 이걸 해야 하나?

☐ 이렇게 벌어서 언제 집 사나.

☐ 혹시 나 우울증일까?(혹은 이미 우울증이다.)

☐ 쟤는 대체 왜 살지?

☐ 대체 왜 나한테만 이러지?

☐ 저런 인간도 취업(승진)을 하는구나.

☐ 죽여 버리고 싶다 또는 내가 죽고 싶다.

10. 현재 회사에서 함께 일하는 '빌런'의 유형에 체크하십시오.

*복수 응답 가능

☐ 얌체(업무 성과 가로채기, 말 바꾸기 등)

☐ 지각쟁이

☐ 식탐, '쩝쩝이' 등

☐ 아직 안 들킨 범죄자(성희롱·성추행·성폭행, 횡령, 배임 등)

☐ 꼰대

☐ 갑질

☐ 무능력

☐ 거짓말쟁이

☐ 정치질

☐ 낙하산

☐ 뺀질이

☐ 차별주의자

☐ 가스라이팅

☐ 기타

11. 일주일 기준, 귀하가 퇴사 욕구를 느끼는 빈도는 어느 정도입니까?

◎ 0회

① 1~3회

② 4~6회

③ 7~8회 이상

④ 세는 것이 무의미할 정도로 자주

12. 귀하가 퇴사하지 못하는 이유는 무엇입니까?

*복수 응답 가능

☐ 지인들 또는 사회의 시선

☐ 카드값, 월세, 가족 부양 등 고정 지출

☐ 경력과 연차의 애매함

☐ 재취업 가능성에 대한 불안

☐ 내일채움공제, 중소기업청년전세대출 등 국가 지원 혜택

☐ 기타

13. 귀하가 재직 중인 회사의 최근 퇴사자 수는 몇 명입니까?

◎ 0명

① 1~3명

② 4~6명

③ 애초에 정원이 5명 미만

④ 퇴사자 수보다, 나가야 할 인간이 절대 안 나가고 있는 것이 제일 큰 문제

::: 결과

1. 절대 안정형(0~9점)

귀하는 대표이거나 천상계의 일원입니다.

축하합니다. 테스트상 가장 불가능하고도 바람직한 결과값에 속하는 유형입니다. 딱히 문제가 없어 오히려 권태와 무료를 느낄 수도 있습니다. 회사가 강탈해 가지 않은 긍정적 생애 에너지를 자기계발이나 사이드 프로젝트에 활용해 보는 건 어떨까요? 세상에는 즐거운 일이 많고, 당신은 즐길 준비가 되어 있습니다. 건강한 마음과 재정 상태를 양분 삼아 고급 취미나 공부에 열중할 수도 있겠습니다. 예수님이나 부처님보다도 스트레스가 없는 상태입니다. 움직이지 말고 계속 자리를 지키십시오. 바깥은 지옥입니다.

2. 긍정적 안정형(10~19점)

비교적 사소한 문제들이 있지만, 극상위권에 속하는 유형입니다.

종종 짜증스러운 상황에 처하겠지만 말 그대로 '종종'이기에 큰 재난은 아닐 것입니다. 회사원의 정신 건강을 좌우하는 3요소(돈, 사람, 업무) 중 한 개가 불만족스러울 확률이 높습니다. 현재는 만족 요소 두 가지로 불만족 요소 한 가지를 커버할 수 있는 상태지만 균형이 깨지지 않도록 주의할 필요가 있습니다. 이 유형에 속한다면 개인적 역량보다는 조직 내 돌발 상황에 유의해야 합니다. 누군가의 퇴사 또는 입사, 조직의 방향성 변경, 예상치 못한 인사 개편 등의 외부 요인으로 갑자기 불행해질 가능성이 있습니다. 그러나 그런 일이 일어난다 해도 일상을 회복하는 데 큰 무리가 없을 유형입니다.

3. 약한 파동형(20~29점)

매일 행복과 불행을 넘나드는 유형입니다.

반복적이고 고질적이지만 개인의 힘으로는 해결 불가능한 문제를 감당 중일 가능성이 높습니다. 이런 경우 대부분 문제 상황에 적응함으로써 납득을 꾀하게 됩니다. 어느 날은 퇴사라는 선택지가 떠오르기도 할 것입니다. 하지만 불행이 임계치를 넘어서지 않은 상황입니다. 당신의 '퇴사할까?'는, 아직까지 농담이나 소망에 가깝습니다. 이 상태를 조심하세요. 불행하지 않은 게 아니라 불행의 초입일 가능성이 있습니다. 이 상태의 스트레스는 극복 가능하지도, 감당 불가능하지도 않아 당신을 헷갈리게 만듭니다.

4. 극한 파동형(30~39점)

바람 잘 날이 없습니다. 맑은 날이 드뭅니다. 매일 잔잔한 분노와 피곡적 분노를 넘나듭니다. 안타깝게도 분노는 이미 당신 감정의 기본값으로 자리 잡았습니다. 미약한 분노로 끝나는 날은 마치 행운을 받은 것처럼 느껴지기도 합니다. 이 구간에서 오래 버티면 지인들에게 "성격이 바뀐 것 같다.", "요즘 너무 예민하다."는 피드백이 들어오기 시작합니다. 그런 말들은 당신의 분노에 화약을 끼얹습니다. 회사에서는 물론, 밖에서도 참을 수 있었던 것들이 전부 거슬리기 시작합니다. 인생을 통틀어 뭔가를 참아야 할 때 예전만큼의 인내심을 발휘하기 어려워집니다. 충동소비와 음주가 발생합니다. 하지만 그 무엇도 완벽한 만족을 주지 않습니다. 개인적 멘탈 케어로는 안정감을 추구하기 어려운 시점입니다. 이 경우, 퇴사해야 하는 이유보다 퇴사하지 못하는 이유 때문에 머리를 싸매는 중일 가능성이 높습니다.

5. 완성된 불행형(40~49점)

이 유형에 다다르면 언어와 사고가 파괴되기 시작합니다. 욕

설이나 비속어 없이는 무언가를 설명하기 힘들어지며, 표정이 사라지고, 냉소와 염세의 지배를 받게 됩니다. 누군가를 때리고 싶다, 무언가를 부숴 버리고 싶다, 다 함께 망했으면 좋겠다 등, 범죄에 가까운 상상을 자주 합니다. 본인의 기세가 너무 흉흉해 져 지인들이 눈치를 보기 시작합니다. "일 그만둬야 하는 것 아니 냐", "병원에 가 보는 것이 어떻겠느냐"라는 식의 조언이 들어올 것입니다. 당신의 신체와 정신, 감각이 끊임없이 비상사태를 선 포하고 있습니다. 하지만 병원 치료나 주변의 격려, 염려는 임시 방편일 뿐, 별 개선을 느낄 수 없습니다. 이미 좋은 것들로 나쁜 것들을 상쇄할 수 있는 정도를 지나친 유형입니다.

6. 절대 불행형(50점 이상)

이 유형에 다다르면, 퇴사는 선택이 아니라 생존의 문제가 됩 니다. 당신의 감정, 언어, 일상 모든 것이 비정상의 영역으로 편입 되며 그 과정에서 스스로의 실존 가치를 의심하게 됩니다. '내가 왜, 무엇을 위해 사는지 모르겠다'는 생각을 자주 하게 됩니다. 이 경우, 기계처럼 무감각해지거나 별다른 자극 없이도 극심한 통 증을 느끼는 상태로 치닫습니다. 1분 1초 빠짐없이 슬프거나, 슬 픔을 아예 인식할 수 없습니다. 당장 도망치십시오. 이 유형은 퇴 사 후에도 요양에 가까운 휴식을 취하며 천천히 본래 상태를 회 복해야 합니다. 그러나 이미 쉬는 법을 잊었을 확률이 높습니다.

1화

/

김다정 DJ 주임의 폭발

당신은 세상에서 가장 답 없는 회사의 이름을 아는가? 모른다면 당장 알려 주겠다. 정답은 '국제마인드뷰티콘텐츠그룹', 영문 표기는 'Kuk-je mind beauty contents group'이다. 눈치 빠른 사람들이 "왜 international이 아니고 kuk-je냐?"고 물을 때마다 복잡한 심정이 된다. 가감 없이 털어 놓자면 대표 이름이 박국제라 그렇다. 캡틴 박은 이 꼬라지가 우습다는 걸 인정하지 못하면서도, 사람들이 놀린다는 이유로 돌연 영어 닉네임 제도를 도입했다. 명함의 '대표 박국제'를 'CEO James' 정도로 뭉개려는 시도였다.

말 같지도 않은 변덕 때문에 '김다정 주임'으로 살던 나는 뜬금없이 'DJ'가 되었다. 정확히는 'DJ 주임'이었다. 오지구가 'Earth 대리'로 변한 것은 안 웃겼는데 이수진 언니를 'Susan 과장'이라 부르자니 그것은 웃겼다. 어찌 보면 세 명의 직원들을 데리고 직급 체계를 만든 대표가 제일 웃길지 몰랐다. 그러나 미소조차 나오지 않는 사실이 더 있었다. 우리끼리는 팀도 전부 달랐다. 각자가 1인 팀의 유일한 팀원이자 팀장이었다.

— 요즘 세상에 사장님이 이름을 정해 주는 회사라니…… 그리고 닉네임 쓸 거면 직급은 빼야 할 거 아니야. 가뜩이나 깡통 직급이라 창피해 죽겠는데.

명예와 긍지를 중시하는 수진 언니, 아니 수잔 과장이 한숨을 푹 쉬었다. 나는 그가 진저리 치며 건넨 새 명함을 받아 들었다. '국제마인드뷰티콘텐츠그룹 디지털전략총괄 기획팀 과장 수잔 이수진'이라는 글자들이 조금의 빈틈도 없이 서로를 다닥다닥 끌어안고 있었다. 이따위 명함을 가진 인간이라면 응당 무능하겠거니 선입견이 생기는 물건이었다.

— 친구들 단톡에 보냈더니 사기꾼 명함 같대.

— 난 미국에서 쓰던 이름 있다고 몇 번이나 말했는데도 'Earth'로 정해졌다고.

유학 시절 내내 'Mia'로 살았던 지구도 분통을 터뜨렸다. 사실 우리는 뭐랄까, 사기꾼 같다기보단 사기꾼 축에도 끼지 못할 오합지졸이었다. 각자의 업무 능력과 품성은 훌륭하였으나 박국제라는 리스크가 너무 컸다. 흔히 '하이 리스크 하이 리턴'이라는 표현을 쓰지만, 우리 회사는 명백히 '하이 리스크 노 리턴'이었다.

처음엔 우리들도 갖은 노력을 다 했다. 그러나 세 명이 좋은 아이디어를 내고, 밤낮없이 일하고, 의기투합하는 것으로는 박국제라는 구멍이 메워지지 않았다. 직원들이 모종삽이라면 대표는 싱크홀이었다. 하루 종일 삽질만 하다 의미 없는 야근을 할 때면 이런 시궁창이 어째서 회사라는 형태로 존재할 수 있는 건지 아득해지곤 했다.

너무 깜깜한 궁금증은 종종 울부짖고 싶은 기분으로 이어졌다. 수진 언니는 언젠가의 술자리에서, 견디고 견디다 보면 수모를 잊게 될 거라고 했다. 세상은 수모에 더해 자존심까지 잊은 용사들을 위해 회사원이라는 신분을 마련해 놓은 거라고.

나는 이해할 수 없었다.

— 용사는 이기는 존재잖아. 우린 대표 따까리들이고.

— 진정한 용사는 사장님과 싸우는 게 아니란다.

— 그러면?

— 출근을 그만두고 싶은 자기 자신과 싸우는 거지.

— 오잉.

그때는 처음으로 수진 언니의 말이 틀렸다고 생각했다. 나는 아무것도 몰랐지만, 지금의 불행이 내 잘못은 아니라는 사실만은 알고 있었다. 나로 말하자면 젊고 불쌍하고 착한 아이였다. 바깥에도 싸울 일이 천지인데 어째서 나 자신과도 싸워야만 하는지……

— 그리고 우린 스타트업이잖니. 열악할 수밖에.

— 여길 스타트업이라고 할 수나 있는 거야? 아무리 봐도 스타트만 있고 업이 없는데.

— 오호호, 오죽하면 스타트업의 '업'은 'UP'이 아니고 업보의 '업(業)'이라는 말이 있겠어.

당시엔 울컥했으나 말꼬리를 잡진 않았다. 언제나 온화한 수진 언니의 눈빛이 그 순간에는 기름기도 물기도 아닌 어떤 총기로 형형하게 빛나고 있었다. 나중에 떠올려 보니 그것이 바로 광기였다.

— 그만두고 싶어도 그만둘 수 없으니 자기 자신과의 싸움인 거야. 어쨌든 출근을 한다는 건 그 사람이 스스로를 계속 이기고 있다는 뜻이니까 용사라고 불러도 좋지 않겠니.

하지만 용사로서의 자의식을 갖기엔 회사의 정체성이 너무 창피했다. 규모나 위상을 따지는 게 아니었다. '스타트업'이란 단어에서 흔히 연상되는 가치—이를테면 열정, 자유, 비전—들이 '국제마인드뷰티콘텐츠그룹'에는 하나도 없었다. 어떤 마법도 영겁의 세월도 이 회사를 '배달의민족', '토스', '마켓컬리'처럼 만들어 주지는 못할 것이었다. 만약 우리에게 '시리즈 A' 따위를 제안하는 엔젤 투자자가 있다면, 그는 엔젤 가면을 쓰고 박국제를 벗겨 먹으려는 사탄일 확률이 높았다. 아님 돈이 썩어나는 채로 실성을 했거나…….

— 더 끔찍한 사실이 뭔지 아니?

──뭔데?

──어차피 스타트업은 다 똑같다는 거야.

──…….

──이보다 나쁜 곳이 훨씬 많겠지. 솔직히 여기 정도면 견딜 만하다고 생각해.

──언니, 취했어? 아니면 너무 힘들어서 미쳤어?

── 다정아, 언니는 네가 사장님보다는 돈을 이해하려 노력했음 좋겠어. 애초에 돈 자체가 더러워서 돈 버는 일도 더럽고 치사한 거거든. 앞으로도 네가 어디서 무슨 일을 하든, 돈을 벌고자 한다면, 결국 이 정도 더러운 꼴은 감수해야 할 거야. 명심해. 꽃밭에서는 절대로 돈이 나오지 않아.

──…….

── 돈 나오는 곳은 전부 시궁창이야. 자본주의 사회의 절대 진리지.

내가 수진 언니의 조언을 가슴으로 납득하게 된 것은 그로부터 몇 년이나 지나서였다. 이날의 대화는 숙취와 함께 새까맣게 잊혔다가, 내가 더 이상 나를 젊고 불쌍하고 착하다고 여기지 않을 때쯤 되살아나 나를 웃기거나 울렸다.

*

'국제마인드뷰티콘텐츠그룹'은 시답잖은 인터넷 강의들

을 팔아 매출을 내는 회사였다. CTO는커녕 개발자 한 명 없음에도, 박국제는 회사를 소개할 때마다 'IT/미디어 기업'이라는 표현을 쓰곤 했다. 양심이 있다면 '헬시 닥터 제임스의 스트롱 뷰티', '수면 닥터 제임스의 슬리핑 뷰티', '청년 닥터 제임스의 청춘 뷰티' 시리즈를 몇십만 원에 팔며 그런 소릴 할 수는 없을 거다. 하지만 놀랍게도 강의는 매달 회사가 망하지 않을 만큼은 팔려 나갔다. 이 회사에서 기획, 마케팅, 영업, 제작, 홍보를 되는대로 해치우는 나조차 믿기 힘든 현상이었다.

어쨌든 자칭 박사 제임스는 외친다.

외모! 학벌! 재산!으로만 겨루는 시대는 갔다고, 바야흐로 마인드 뷰티의 시대가 왔다고. 마음은 심장이 아니라 뇌에 있기 때문에 '브레인 뷰티'가 진정한 아름다움이라고도 했다. 뇌가 예쁜 사람은 가난해지지도, 무식해지지도, 불행해지지도 않는다는 것이 박국제발 '마인드 뷰티' 세계관의 핵심이었다.

이 개소리에 무슨 마력이 깃들었는지는 모르겠으나 40~50대 고객층이 꾸준히 증가하는 추세였다. 급기야 수강생 중 누군가가 박국제를 추앙하는 온라인 카페를 만들었고, 회원 수가 무려 만 명을 훌쩍 넘긴 시점이었다. 통계적으로 절반은 중년 여성, 나머지 절반은 중년 남성들이었다. 그 안에서 제임스 스승님이 어쩌구 존경이 어쩌구 하는 사람들을 볼 때마다 정말로 한 가지 생각밖에 들지 않았다.

'모두…… 완전히…… 미쳐 버렸다. 세상이 미쳐 돌아가.'

그러나 타자를 치고 마우스휠을 굴리는 것만으론 거꾸러진 세상의 각도를 바로잡을 수 없었다. 나는 오히려 박국제가 만든 광란의 세계를 유지하는 대가로 돈을 받는 사람이었다. 월급날마다 통장에 찍히는 금액이 하얀 돈인지 검은 돈인지 헷갈렸다. 나는 늘 열심이었으나 떳떳하진 않았고, 오랜만에 만난 친구가 "요즘은 무슨 일 해?" 물어 오는 순간이 두려웠다.

*

영어 이름을 가지든 영국 기사 작위를 가지든, 박국제는 직원들을 '야'나 '너' 따위로 불렀다. 기분이 좋거나 무리한 요구를 할 때 성을 빼고 이름을 부르기도 했는데, 나로서는 그게 더 혐오스러웠다. 매일 보는 사이임에도 '저게 언제 봤다고 다정이, 다정이 거려. 콱 씨……!' 하는 반발심이 들기 일쑤였다.

게다가 이제는 알고 있었다. 무능한 사장이 느끼한 태도로 느물느물 말을 걸어올 때의 스산함을. 그건 내가 이미 엿먹었는데 눈치를 못 챘거나, 곧 거하게 엿 먹으리란 암시밖에 되지 않았다.

―어, 단톡 왔다. 사장님이 탕비실로 모이라시는데.

―또? 뭐야, 짜증 나게. 아직 점심시간인데.

―휴우.

우리는 맛대가리 없는 도시락을 정리하고 주춤주춤 몸을 일으켰다. 요즘 들어 박국제가 우리를 한데 모아 놓고 씩씩대는 일이 잦았다. 우리한테 돈 주고 씩씩대기 위해 창업했나 싶을 만큼 잦은 빈도였나. 한편으론 이해가 되기도 했다. 최근 콘택트 중인 대형 포털 사이트의 프로젝트 담당자가 미팅 때마다 박국제를 놀리고 긁는 모양이었다. 그는 속이 좁아서, 우리 사무실보다 큰 세상을 목도할 때마다 삐져서 돌아왔다. 그러고선 삐지지 않은 척 의기양양 티타임을 열었다. 커피는커녕 과자 가루 한 톨 없었지만, 우리가 머그잔을 들고 모이므로 그럭저럭 티타임이 되는 자리였다.

좁아터진 탕비실 문을 열자 혼자서만 폴 바셋 아메리카노를 빨아 대는 박국제가 보였다. 불콰한 흥분에 가득 차 원래 거무죽죽한 얼굴이 시뻘개진 채였다. 사람이 어쩌다가 저렇게 달걀 장조림에 실수로 찍 쏴 버린 케첩 같은 안색을 갖게 된 것일까?

나는 항상 박국제의 그런 점들이 궁금했다. 그에게 주어진 불가능한 무식함, 분노를 유발하는 이기심, 뒤처진 센스와 안목 등을 궁리하다 보면, 그럼에도 한 회사의 대표란 직책을 거머쥘 수 있었던 비법이 제일 궁금해졌다.

요즘 나는 전생설을 밀고 있다. 그는 저번 생에 너무 착한 천사였거나 인류를 멸망에서 구한 천재였을 거라고, 보답으로 이번 생은 악마나 바보로 살 권리를 받은 거라고. 하지만 이런 가정은 다시 나를 공격했다. 그럼 나는? 지구나 수진 언니는? 불합리한 노동 환경에 갈려 나가는 수많은 사람들은? 대체 전생에 무슨 나쁜 짓을 했기에 이런 벌을 받나 싶었다.

── 강서경이 고걸 어쩌면 좋겠냐? 새파랗게 어린 기집애가 어찌나 시건방을 떠는지 와이넷 갈 때마다 미칠 지경이라고.

나는 '당신은 이미 미쳤다'는 진실이나 사람을 '기집애'라고 불러서는 안 된다는 직언 대신, 그냥 "왜영?"이라고 답했다.

── 미팅 내내 따박따박 말대꾸에! 사사건건 트집, 트집! 쪼그만 게 일을 하자는 건지 말자는 건지…….

씩씩대는 걸 보니 오늘도 저번이나 저저번처럼 창피를 당한 모양이었다. 이때 강서경이라는 사람이 잘못했을 확률은 거의 없었다. 박국제는 어떤 미팅에서든 본론보단 기선 제압에 용쓰는 사람이었다. 제시간에 갈 수 있음에도 일부러 늦게 도착하기, 회의 내용을 숙지하지 않고 상대방에게 재차 설명하도록 만들기, 느슨한 존대에 비아냥거리는 반말을 농담처럼 섞기. 의미 없는 기선 제압은 상대방이 어린 여자일수록 은밀해졌다. 나는 비웃지 않기 위해 주먹으로 입을 가렸다. 헛기침을 가장하며 큼큼거리는 찰나, 가만히 듣고 있던 지구가 손을 들었다.

— 앞으론 제가 참석하겠습니다. 어차피 미팅하고 오셔도 메일 커뮤니케이션 다시 하거든요.

— 아아! 아시라. 여자애 하나 덜렁 보내면 걔들이 날 뭘로 보겠냐고? 그리고 너 강서경이 만나면 눈물이 쏙 빠질걸. 나나 되니까 그 표독스러운 거랑 맞짱 뜨는 거지.

지구는 회사에서 눈물 닦는 시늉 한 번 한 적이 없었지만, 늘 심약한 맹꽁이 취급을 당했다. 물론 나나 수진 언니도 마찬가지였다. 지구는 이제 작은 것에 연연하는 대신 "전 오늘부터 어스인데요." 정도로 방향을 틀 줄 알았다.

— 아 참! 누가 뭐였지? 김다정이가 디…… 디제이. 오지구는 어스, 이수진이는 스…… 스…….

— 수잔이요.

— 헷갈리니까 당분간은 두 개 같이 쓰자고. 오케이?

— 혼용하잔 말씀이신가요.

— 아니지. 김다정 디제이 주임. 오지구 어스 대리. 이수진 수잔 과장. 이렇게 해야 빨리 외워진다고. 너들은 복받은 줄 알아. 이렇게 수평적인 조직문화가 또 어디있냐?

— 진심이세요? 오호호.

수진 언니에게는 띠꺼운 상황에 처할 때마다 띠꺼운 만큼 웃어 보이는 습관이 있었다. 대기업 재직 시절 표정이 구리다며 갈구던 사수로 인해 생긴 노이로제 반응이었다. 나는 가끔씩 박국제 앞에서 활짝 웃는 언니가 안쓰러워졌고, 내 앞가림도 못하면서 불쑥불쑥 솟는 정의감을 간수하지 못했다. 그럴 때면 머리보다 입이 먼저 움직였다.

— 진심이겠죠. 박국제 제임스 대표님이 허튼소리 하실 분인가요? 박국제 제임스 대표님은 언제나 모든 지시에 진심이시죠. 안 그런가요? 박국제 제임스 대표님. 그러니까 이수진 수잔 과장님과 오지구 어스 대리님도 저를 따라 해 보세요. 바악, 구욱, 제에, 제에, 이임, 스으, 대애, 표오, 니임……

*

장난이긴 했지만 장난치지 말라며 혼쭐이 나고 말았다.

이수진 수잔 과장과 오지구 어스 대리가 연예계 핫이슈로 말을 돌려 주지 않았다면, 종일 대표실에 붙잡혀 고초를 겪을 일이었다. 박국제는 톱스타 이혼 스캔들을 두고 근거 없는 자기 생각—딱 봐도 여자 쪽이 기가 너무 세 '쉽지 않았을' 거라나?—을 한참 떠벌리다가, 건물주가 쫓아온다는 소식에 황급히 꽁무니를 뺐다. 사무실 월세가 또 밀린 모양이었다. 우리는 박국제의 벤츠 궁둥이가 보이지 않을 때까지 기다렸다 외부 비상계단으로 내달렸다. 주위를 살핀 후 참았던 담배 한 개비씩을 꺼내 들었다.

후──하──.

바쁜 호흡 사이로 하얀 연기가 몽글몽글 피어올랐다.

수진 언니가 말했다.

── 다정아, 너 제발 사장님한테 눈 좀 그렇게 뜨지 마. 내 심장이 다 콩닥콩닥하다니까.

── 내 눈이 어때서……. 그리구 그 새끼가 먼저 말도 안 되는 소릴 하잖아. 그지 같은 영어 닉네임도 우리 괴롭히려고 만든 게 틀림없다고. 수평? 수평은 개뿔 어디서 본 건 있어 가지고.

── 하루이틀이니. 어차피 사장님은 죽어도 안 변하고 못 변해. 근데 왜 매번 질 싸움을 걸어.

수진 언니가 내 쪽으로 날리지 않도록 세심하게 재를 떨며 나를 타일렀다. 나도 따라 해 보지만, 내가 떤 재는 결국 지구에게 날리고 만다.

── 아잇! 이 옷 어제 산 건데! 그리고 네 눈 어떠냐고? 옆에서 보면 반짝반짝거려.

── 유리구슬처럼?

── 아니, 미친 사람처럼.

── 이게 진짜. 야아!

우리는 누가 먼저랄 것 없이 서로의 팔뚝을 치며 깔깔깔

폭소를 터뜨렸다. 그러자 나만이 아니라 셋 다 미친 사람 같아졌다. 낯 뜨거워 말로 하진 못하지만, 수진 언니와 지구는 내 황폐한 회사 생활 속 유일한 빛이었다. 함께 좋을 땐 학창 시절의 친구들처럼 정다웠고, 함께 나쁠 때도 누명을 쓰고 들어간 감방에서 가까스로 조력자를 만난 것처럼 든든했다. 사실 우리들은 너무너무 달라서 진짜 학교에서 만났다면 서로 상대도 안 하고 지나칠 사람들이었다. 실제로 수진 언니는 입사 초반 시끄럽고 과격한 나를 꺼렸다고 한다. 나 역시 무뚝뚝한 지구와 빈틈없는 수진 언니가 낯설었다. 와중에 박국제라는 변수이자 변고가 오작교 역할을 해 준 것이다.

— 그런데 나 할 말 있어. 아까 건물주 온다고 한 거 거짓말이야.

— 그럼 그 전화는 뭐야? 벨 울렸잖아.

— 내가 테이블 밑에 폰 넣고 몰래 회사로 걸었어.

— 와, 지구 너 미국에서 연기도 배웠냐?

— 전혀 아니지만 여기서 일한 후로는 연기만 늘어 가네.

— 어쨌든 잘했다, 요 귀여운 새끼.

지구를 확 끌어안는 순간 갑자기 입사 초반의 어색한 자기소개 장면이 뇌리를 스쳤다. 거짓말이 제일 싫다던 지구. 손해를 보더라도 진실하게 살아야 한다던 지구의 결연한 모습이 아직도 선명했다.

그랬는데, 그런 날도 있었는데…….

이 시궁창에 들어오기 전만 해도 우리는 무모할 만큼 선한 사람들이었다. 하지만 무허가 닥터 박국제의 횡포는 착한 것이 곧 멍청한 거라는 사실만을 가르쳐 주었다. 시궁창의 일꾼으로 버티자면 시궁창의 법칙을 따르는 수밖에 없었다. 솔직하고 선한 방식들은 너무 오래 걸려서 늘 이곳의 처세와 멀었다. 우리는 약아지는 방식으로만 강해지고 있었다.

그런데 겨우 터득한 생존법을 아무 데도 자랑할 수 없는 이유는 무얼까…….

2화

/

안 삐졌다고요

11시.

사람 모양의 똥통 박국제가 사무실에 출몰하는 시각이다. 보통 그 행위를 '출근'이라 일컫는다. 하지만 놈은 종일 팽팽 노는데 출근이란 명명이 옳을지는 모르겠다. 어쨌든 우리는 9시부터 10시 59분까지 박국제의 어깃장을 방지하기 위한 사소한 일들을 했다. 쓰레기통을 비우거나, 창틀의 먼지를 닦거나, 스틱 커피를 채워 넣는 등의 잡무였다. 물론 박국제는 억지로라도 파고들 틈을 찾아냈다.

— 야! 김다정이, 아니 DJ, 너 일루 와.

— 저요? 왜요?

— 왜는 무슨 왜야? 당장 튀어오지 못해!

목젖에 밤송이를 키우는지 오전부터 말에 가시가 한가득이었다. 어느샌가 내겐 슬리퍼를 직직 끌면서 걷는 습관이 생겼는데, 박국제가 내심 거슬려 한다는 걸 알아서였다. 그를 언짢게 할 수 있다면 맨바닥에서 양말 바람으로 피겨

스케이팅을 할 수도 있었다. 공격적인 대표와 일하는 직장인은 수동공격형 찌질이가 될 수밖에 없는 법이다.

— 야, 막내. 내가 짬 날 때마다 폐휴지함 들여다보라고 했냐, 안 했냐?

놈의 족발 같은 손가락이 가리키는 곳을 보니, 과연 복합기 옆 박스에 종이들이 들쑥날쑥 쌓여 있었다. 한눈에 봐도 양이 꽤 많았다. 나는 최대한 진중하게 이찌라는 기냐고 물었다. 존재조차 몰랐던 일거리였다.

— 하이여튼…… 요즘 애들은 돈 무서운 줄을 모른다니까. 케이크 하나에 8000원씩 하는 거나 턱턱 사 먹고 다니니까 복사 용지 같은 건 우습지? 토 달지 말고 당장 정리해!

'돈 무서운 줄 몰랐으면 이딴 데서 일하고 있겠냐?'라고 생각한 후 "넵."이라고 대답했다. 박국제는 내가 더 까불 줄 알았는지 미리 씨근대다가 악의 소굴 대표실로 사라졌다. 단언컨대 스타트업 대표들은 어디서 좆같이 말하는 방법에 대한 특훈이라도 받는 게 틀림없었다.

우리는 파쇄기를 애용했기 때문에 폐휴지함에 가득한 것은 전부 박국제의 찌꺼기들이었다. 정리 중에 놈의 카드 명세서가 나오기도 했는데, 애인도 친구도 없는 주제에 한 달 청구 금액이 2000만 원에 육박했다. 물론 국세청에는 회사 운영비로 신고되는 내역이었다.

— 쯧쯧, 주제에 먹는 건 다 최고급이네. 지는 하루 종

일 처먹고 다니면서 남한텐 케이크값 어찌고저쩌고……

나도 모르게 검지가 관자놀이 옆에서 빙빙 돌았다. 어이가 없었지만 그리하여 박국제답기도 했다.

폐휴지함 가장 밑면에는 나를 비롯한 몇몇 여성들의 이력서가 구겨져 있었다. 안 뽑으면 안 뽑는 거지. 남의 웃는 얼굴에 X자를 죽죽 그어 놓을 건 뭔가 싶었다. 내 이력서에는 X자가 없었지만 합격한 내 운명이 탈락자들보다 훨씬 슬프리라 장담할 수 있었다. 파쇄기가 이력서들을 씹어 먹는 모습을 보니 문제의 그날이 떠올랐다.

비운의 면접 날이었다.

*

행복한 회사는 고만고만하지만 불행한 회사는 저마다의 이유로 구리기 마련이었다. 국제마인드뷰티콘텐츠그룹의 큰 불행 중 하나는 대표가 온갖 편견과 선입견에 찌들었다는 것이었다. 그는 진짜 과학을 경시하는 사람답게 유사 과학에 환장을 했다. 본인이 'B형 남자'라는 사실을 어필하며 게르마늄 팔찌를 차고 다니는 부류라면 이해가 쉬우려나. 그러나 "너 무슨 형이야?" 물으며 상대방의 성격을 가늠하던 시기는 오래전 종말을 맞았고, 지금은 바야흐로 'MBTI'의 시대였다. 박국제는 나와의 면접 때도 가장 먼저

MBTI를 물었다.

— 다정이라고 했나? 앵비탸이가 뭐예요?

— 네?

— 엠, 비, 티, 아이 말이에요.

— 아! ENFP입니다.

— 내가 ISTJ한테 크게 배신당한 적이 있거든. 다정 씨
는 정반대라니 느낌이 좋은데?

— 아, 네에. 감사합니다.

— 근데 P라니 걱정이네. 업무라는 게 그래요. 계획적
인 성향이 중요하다고. 나도 철두철미 하나로 여기까지 왔
다 해도 과언이 아냐.

어쩌면 이것은 내 조상이 박국제의 주둥이를 빌려 도망
신호를 보내온 걸지도 몰랐다. 하지만 나는 못 받아먹었다.
탄산처럼 싸한 촉을 무시한 대가는 너무나도 컸다. 후에 이
순간을 떠올릴 때마다 내가 왜 ISTJ가 아닌지, 어째서 그가
ENFP에게 더 큰 배신을 당하지 못했는지 가슴이 먹먹해지
곤 했다. 조상이 나를 구해 주려 했다면 감사한 일인데도 불
쑥 더 적극적으로 구해 주지 그랬냐는 원망이 솟았다.

면접에서는 내내 비슷한 수준의 질문이 이어졌다.

— 가족관계는 어떻게 되시나?

— 부모님이랑 저, 동생 이렇게 네 명입니다.

— 남동생?

— 여동생이요.

— 보아하니 동생도 취직 못 했겠는데?

— 아, 동생은 SNS에서 사업하려고 준비 중입니다.

— 으이그, 늦어도 한참 늦었지! 동생이 참 순진하네. 나중에 갈 데 없으면 언니 따라 여기나 오라 그래요.

— 뭐, 아…… 하하하. 감사…… 합니다.

— 농담이야, 농담. 우리도 아무나 안 쓴다고. 근데 부모님 걱정이 많으시겠어요? 자식들이 하나같이 자리를 못 잡아서. 깍깍깍깍!

안 웃기다 못해 멱살을 털고 싶은 게 어찌 농담이겠냐마는, 어리바리한 사회 초년생은 이상한 어른 대신 자신을 의심하며 불안을 잠재우는 법이었다. 내가 저렇게 나이 많은 대표님을 머저리 취급하는 것은 예의가 아니고, 세상을 잘 몰라서고, 나는 앞으로 배울 것이 너무 많고…….

취업 준비생 시절의 나는 캔디형 소녀가 힘날 일 없어도 불굴의 의지로 힘을 쥐어짜는 콘텐츠에 절어 있었다. 드라마나 영화 속 성장 서사에 감화되어 나도 세상에 대한 예습을 마쳤다고, 나갈 준비가 되었다고 착각했다. 종국에는 시련만이 나를 어른으로 만들어 줄 거라는 괴상한 성장론까지 품게 된 후였다.

— 다정 씨 혹시 잘 꿍하고 그래요? 자기만의 세계, 그

런 거 확실하다며. ENFP들은.

— 전 안 그러는데요.

— 안 삐진다, 그런 성격 아니다 이 말이죠? 확실하죠?

— 그럼요. 특히 일하면서는 더더욱 감정적으로 굴지 않죠.

— 이상하다. 내 여친 될 뻔했던 ENFP는 엄청나게 삐지던데 밀야.

— 네?

— 있어. 예전에 썸 타던. 다정 씨랑 동갑인가 그랬을 텐데.

— 아, 정말요?

— 그 여자는 소개팅 나와서 썸 끝날 때까지 삐져 있더라고. 아우, 생각하니까 또 열받네.

— ……그러셨군요.

— 다정 씨는 어디 가서 그러지 마. 요즘은 남자애들도 똑똑해서 여자들 안 맞춰 줘. 그냥 팽하고 더 이쁜 애 만나지.

— 아하하하…….

— 새겨 두면 언젠가 대표님 말 듣길 잘했다, 십년감수했다 할 때가 올 거예요. 자, 그럼 다음 주부터 잘해 봐요. 월요일부터 바로 나올 수 있죠?

— 네? 저 된 건가요? 오, 감사합니다, 감사합니다!

— 참, 수습 기간은 5개월이에요. 요즘은 대기업도 그

정도가 기본인 거 알지?

— 아아, 네. 알아요!

사실은 몰랐다. 알고 싶지 않았던 것 같기도 하다. 이제 겨우 지금 막, 꿈에 그리던 회사원이 되었는데 스스로 이 기회를 버려야 할 이유가 생길까 봐. 아니면 박국제가 세상 든든한 미소를 지으며 왼손을 내밀었기 때문일지도 모른다.

어린 직원들의 땀과 눈물을 빼 먹고 사는 그의 손은 축축했다. 나는 능력껏 채용 과정을 통과해 놓고도 빚진 사람처럼 그 손을 붕붕 흔들었다. 수습 기간에는 월급의 70퍼센트만 지급된다는 것, 공고에는 점심 및 간식 일체 제공이라 했지만 품목은 정수기 물과 컵라면뿐이라는 것, 월급에 퇴직금 포함이라는 것. 그리하여 이 회사에 들어온 사람들 대부분이 2주도 채우지 않고 도망친다는 것까지 전부 모르고 한 짓이었다.

*

안 빠지겠다는 확언 덕분에 난 회사에서 무표정일 때마다 "또 빠졌다."는 힐난에 노출되었다. 박국제의 모함대로라면 나는 아프거나 슬프거나 화가 나거나 곤란하거나 남의 말을 못 들었거나 대답이 조금 늦을 때, 모조리 싹 다 빠진 거였다.

언러키 스타트업

"삐진 건 아니고?"라는 질문을 하루에도 몇 번씩 듣는 이유가, 단지 내가 그의 구썸녀와 같은 ENFP이기 때문이란 걸 믿을 수 있는가? 게다가 박국제가 시도 때도 없이 메다꽂는 TMI에 의하면 그 여자는 놈의 썸녀조차 아니었다. 대체 무슨 근거로 소개팅 날 대놓고 차인 경험을 썸으로 치는지 납득할 수가 없었다.

스트레스가 심해 차라리 과잉 미소를 지어 보기도 했다. 오류 난 로봇처럼 입꼬리만 씰룩대는 웃음이었지만, 타인의 미묘한 감정선을 헤아리지 못하는 박국제에게는 그저 함박 미소로 보이는 듯했다.

— 김다정이 요즘 행복해 보이네? 애인이라도 하나 낚았나?

행복은 개뿔······!

삐지고 말고 하는 문제를 떠나, 이미 모든 행복을 놈에게 저당 잡힌 지 오래였다. 혹여 자그마한 행복을 느껴도 그것은 때가 잔뜩 묻은 행복이었다. 땅에 패대기쳐진 송편처럼 눈물겹고 애써 씹어도 모래알만 자각거려 결국 불행이 되고 말았다. 행복을 흉내 내는 내 모습은 기특했지만, 기특한 젊은이들이 반드시 행복해지는 것은 아니었다.

게다가 사무실에서 제일 잘 삐지는 사람은 박국제였다. 일터에서는 모두가 삐질 일이 있어도 삐지지 않으려고 자신을 다잡았지만, 캡틴 박만큼은 아니었다.

이유는 낯 뜨거울 정도로 다양했다. 점심시간이 다 되도록 메뉴를 물어봐 주지 않아서, 자기 농담에 안 웃은 사람이 다른 이의 농담에는 웃어서, 우리 월급 주는 날이 되어서, 배너광고 비용이 생각보다 비싸서, 비가 와서 등등. 맞춰 주다 보면 울화통이 기차 화통처럼 터져 나왔다. 나는 전혀 삐지지 않으면서 '삐졌다' 정도로는 표현될 수 없는 분노를 쌓아 갔다. 내가 박국제를 언급할 때 죄책감도 없이 쌍욕을 섞게 된 것도 이즈음이었다.

그러나 사람은 분노에도 익숙해지는 존재였다. 임계치를 넘어서고부터는 "삐졌냐."는 이죽거림에 화를 내지 않게 되었다. 대신 매일매일 생각했다.

'그래, 계속 까불어라.'

'언젠가는 꼭, 열과 성의를 다해서, 너한테 복수할 거야. 반드시.'

3화

/

대표님의 랜선 자아

오늘도 또 우리 박국제가 나를 막 쫓아왔다. 내가 출근을 하고 업무를 하러 갈 양으로 자리에 앉을 때였다. 컴퓨터를 켜려니까 등 뒤에서 푸드덕푸드덕하고 박국제의 헛소리가 야단이다. 깜짝 놀라며 고개를 돌려 보니 아니나 다르랴, 박국제의 뚜껑이 또 열렸다.

박국제네 노트북(은 스크린이 크고 똑 은쟁반같이 실팍하게 생긴 놈)이 머저리 같은 우리 박국제를 함부로 무시하는 것이다. 그것도 그냥 무시가 아니라 지이잉지이잉 하고 기계음을 내며 멈췄다가 좀 사이를 두고 또 지이잉 하고 멈췄다가 좀 사이를 두고 또 지이이이이잉 박국제의 인내심을 쪼았다. 이렇게 멋을 부려 가며 박국제를 닦아 놓는다. 그러면 이 못생긴 것은 노트북이 멈출 때마다 주둥이를 나발거리며 그 비명이 아이 씨, 아이 씨 할 뿐이다. 물론 미처 식히지 못한 열을 또 받아 땀방울이 뚝뚝 떨어진다.

2021년 모월 모일, 김다정의 업무 PC '개자식 관찰기' 폴더에서 발췌 어느 날 박국제는 멀쩡한 노트북을 교체했다. 대낮에 갑자기 뛰쳐나가 사과 로고가 붙은 쇼핑백을 들고 돌아온 것이다. 왜 굳이 최신형 맥북을, 그것도 16인치 프로용을 사셨냐고 묻자 기본형은 화면이 작아 답답하단다. 하지만 이 슈퍼 컴퓨터는 예상치 못한 측면에서 박국제의 분노를 샀다. 그는 자기가 노트북 값을 336만 원이나 냈는데 어째서 마우스나 USB 허브, HDMI 케이블을 따로 사야 하냐며 길길이 날뛰었다. 수진 언니가 MS오피스나 한글2020도 맥용으로 구매해야 한다고 말했을 땐 거의 울부짖을 지경이었다. 박국제에게는 돈을 내기 싫을 때마다 돈을 뺏긴 사람처럼 구는 버릇이 있었다. 100만 원 규모의 지출을 99만 원에서 멈춤으로써 마지막에 욕먹는 일이 많았다. 지구는 박국제의 꼴 사나운 소비 행태를 "졸부라 그래."라는 한마디로 일축했다.

─ 본인 말로는 고등학생 때 아버지 사업이 폭삭 망했대. 그래서 하루 종일 삶은 계란 두 알만 먹고 살았다는 거야. 가난해지자마자 저 좋다고 따라다니던 여학생들이 냉랭해져서 상처가 크다나 뭐라나…….

다 그렇다 쳐도 후반부 진술에선 반발심이 들 수밖에 없었다. 여자들이 박국제를 꺼렸다면, 그것은 천명이자 사필

귀정일 뿐이다. 여자들이 제일 싫어하는 건 가난한 남자가 아니라 못생겼으면서 잘난 척만 하는 남자니까. 어쨌든 나는 박국제가 새 노트북을 사서 한시름 놓았다고 생각했다. 전에는 뭐가 안 될 때마다 시시때때로 나를 불러 생떼를 부렸기 때문이었다.

그러나 며칠 지나기도 전에 나는 함부로 마음 놓은 대가를 치르게 된다.

마침 수진 언니와 지구가 구청 업무, 병원 진료로 나란히 자리를 비운 날이었다. 강서경 대리와 외부 미팅이 있다던 박국제가 사무실로 들이닥쳤다. 늘 그렇지만 오늘도 바지에 똥을 싼 사람마냥 다급해 보였다. 그는 내 떨떠름한 인사를 받아 주지도 않고, 오히려 내 노트북을 빼앗으려 들었다. 한 시간 후 중요한 프레젠테이션이 있는데 아직도 그 빌어먹을 맥북에 MS오피스를 설치하지 않았다는 것이었다.

— 지금 바로 다운로드하시면 된다니까요? 요즘은 CD 사서 시리얼 번호로 인증받는 방식이 아니에요!

— 그럼 돈 내야 되잖아. 아잇 몰라, 빨리 내놔. 이미 한참 늦었다고!

— 아니면 그쪽에 파일 드리고 띄워 달라 하셔도 되잖아요!

— 야, 너는 왜 그렇게 생각이 없냐? 걔네들 뭘 믿고 우리 회사 노하우 담긴 파일을 턱턱 넘겨 줘?

박국제는 물러설 기미가 없었다. 나는 패배를 예측한 순간 재빨리 '카카오톡 받은 파일'과 '캡처' 폴더를 영구 삭제했다. 거기에는 우리가 단톡에서 놈을 씹고 뜯고 맛본 증거들이 한가득이었다.

— 잔말 말고, 나 들어오기 전까지 여기 윈도나 깔아놔. 이거 도저히 못 쓰겠으니깐!

못 지운 캡처나 대화 내역이 있으면 어떡하지…… 박국제가 그걸 발견한다면 우리는 전부 반 죽을 테고, 수진 언니나 지구에게도 면목이 없는 일이었다. 나는 일단 불안을 뒤로하고 박국제가 떠넘기고 간 맥북을 열었다. 벌컥 열린 스크린에 별안간 박국제의 인스타그램이 펼쳐졌다. 회사 공식 계정이 아니라, 비공개로 사용하는 개인 계정이었다.

처음에는 당연히 끄려고 했다.

그런데 그때, 상단 귀퉁이에 새로운 다이렉트 메시지가 도착했다는 팝업창이 떴다. '유지안'이라는 여성 유저가 보내온 것이었다.

> **kook25bbar 유지안**
> 저 오래 만난 분 있습니다 한 번만 더 메세지 보내시면 차단합니다

도덕적으로 그리고 윤리적으로 안 된다는 생각이 들었

으나 손이 저절로 알림을 클릭했다. 박국제가 저런 답문을
받은 이유는 먼저 아래와 같이 보냈기 때문이었다.

박

안녕하세요 지안씨ㅎ 전 작지만탄탄한
사업체 운영중인 CEO 입니다 다름이아니라
이미지가너무좋으셔서 알고지내고 싶어요
인생선배로써 조언드리고 싶은 것도 많고ㅋㅋ
어디까지나 담백한 just friend 신청이니
오해는미리 사양할게요ㅎ

차라리 이것만 보냈다면……. 나는 눈을 감았다.
　유지안 씨는 답변이 없는데도 그 밑으로 박국제의 독백
만 주렁주렁 딸려 있었다.

박

인테리어보니 서초 트리플리버펠리체 사시나봐요
저 완전 근처사는데 이런 인연이ㅎ

휴 아기 안고 계셔서 깜놀했어요ㅎ 조카인가요?
아님 친구아이? 혹시 지안씨 돌...싱?(농담입니다ㅎ)

요즘부쩍 술을 많이드시네;;;ㅎ 누가우리 지안씨
괴롭히나요;;; 고민있음 언제든지불러줘요ㅋ

오우야;;; 비키니... 눈튀어나옵니다;;;ㅎ 뭐든지 적절할때 제일 아름답죠 이상한 남자들꼬일까 걱정이군요 자나깨나 남자조심 또 조심ㅎ

이쁜사진 잘보고갑니다ㅎ

똑똑~ 지안씨?

답좀주시지ㅎ

내 입은 이미 인간의 하악이 허락하는 최대한의 범위로 벌어져 있었다. 떨리는 손길로 뒤로 가기 버튼을 누르자 박국제의 음침한 행보가 적나라하게 드러났다. 피해자는 유지안 씨뿐만이 아니었다. 나율, 지희, 러블리 영, 혜민, 유리, 주영⋯⋯ 심지어 안젤라나 하나코도 있었다. 모두 다른 여자들이었지만 아주 예뻤고 기본적으로 박국제 새끼보다 열 살 이상은 어렸다. 맨날 대표실에 처박혀 뭘 하는가 싶었는데, 미인들한테 껄떡대면서 하루를 다 쓰는 모양이었다. 나는 박국제가 한심해 몸서리를 쳤다. 정말이지 한심하기 짝이 없었다. 이렇게 한심하니 짝이 없는 걸 수도. 나는 진심으로 박국제가 영영 돌아오지 않았으면 좋겠다고 생각했다.

그러나 그토록 정의로운 일은 벌어지지 않았고, 수치심도 보안 능력도 없는 박국제는 윈도를 깔아 놓지 않았다며 내게 갖은 성질을 부려 댔다.

— 대표님. 제발 조심하세요. 그러다 다 날아가는 수가 있어요.

— 뭔 소리야, 이씨. 빨리 윈도나 깔아 달라고오!

— 이 컴퓨터의 취약한 보안이 너무 걱정되네요. 일이 벌어지고 난 후엔 늦잖아요.

— 윈도 깔면 해킹이라도 당한다는 소리야?

— 말이라고 하시나요? 뭘 안 깔아도 개인정보가 유출되는 세상인데요.

나는 내 모니터에서 눈도 떼지 않으며 차갑게 일갈했다. 박국제는 저게 왜 또 삐졌냐며 나를 모함했지만 상관없었다. 차라리 내 싸가지에 수틀린 박국제가 나를 잘라 준다면, 그래서 실업급여나 받으며 잠시 쉴 수 있다면 참 좋을 것 같았다. 눈치를 살피던 수진 언니와 지구가 단톡방에 [다정이 왜 그래?], [우리 없을 때 무슨 일 있었어?]라며 두런두런 걱정을 표했다.

[아냐 그냥 갑자기 짜증이 팍 나서 그래]

답하고 보니 완전한 거짓말도 아니었다. 나는 짧고 굵은 고민 끝에 오늘 일을 함구하기로 했다. 안 그래도 우리는 이미 너무 많은 번뇌와 스트레스를 감당하고 있었다. 도덕적 기준이 높은 수진 언니나, 예전에 웬 남자한테 비슷한 메시지 테러를 받고 고생했다던 지구에게 더 이상의 경악을 선물하고 싶지 않았다. 생각하다 보면 내가 이리 놀란 것 자체가 놀랍기도 했다. 앞에서 저만큼이나 구린 박국제가 뒤에서라고 번듯할 리 없는데도 나는 매번 새삼스럽게 팔짝 뛰고 실망을 하는 것이었다.

그날 점심시간엔 믿기 힘든 일이 하나 더 벌어졌다. 식당 가는 길에 무려 한류스타 차의현을 본 것이다! 프로필상 188센티미터라던 그의 키는 왜인지 2미터도 넘는 것처럼 보였다. 비율이 좋아도 너무 좋아서였다. 안 그래도 혼잡한 거리에 미남의 존재로 인한 정체가 더해지고 있었다. 우리 넷도 마찬가지였다. 다시 걷기 시작해서야 멈췄었다는 사실을 깨달을 정도로 충격적인 비주얼이었다.

식사 도중에도 차의현에 대한 황홀한 감상들이 이어졌다. 슬프지만 우리는 그간 '잘생김'이란 걸 목격해 본 적이 없었다. 있어야 볼 텐데 없는 것을 어찌 본단 말인가? 그래서 이 순간을 최대한 오래도록, 소중하게 머릿속에 담아 두고 싶었다.

— 사진이라도 찍어 둘걸. 얼굴에 홀려서 폰 꺼낼 생각도 못 했어요.

── 저 이따 집에 가서 차의현 팬클럽 가입하려구요.

── 그런 얼굴로 살면 어떤 느낌일까요? 주변에서 막 가만두질 않겠죠?

── 만약에 차의현이 결혼하자고 하면 두 분은 어떡하실 거예요?

── 꺄아악! 몰라몰라요. 결혼을 어떻게 해요!

그렇게까지 화기애애한 점심시간은 처음이었다. 오버 조금 보태자면 밥맛이 꿈 맛이었다. 그런데 구석에서 된장찌개를 뒤적이던 박국제가 갑자기 저열한 심통을 부리기 시작했다.

── 야, 작작들 해. 뭐가 잘생겼다는 거야?

── 네에?

── 내가 니들 안타까워서 하는 말인데, 그렇게 기생오래비처럼 생긴 놈들? 백 프로 쌩양아치 건달이다. 정상적인 남자들이 그런 놈들 꽁무니 쫓는 여자 얼마나 한심하게 보는 줄이나 아냐? 하여튼 눈들이 삐어 갖고는 대충 키 좀 크면 다 잘생긴 줄 알아요, 쯧쯧.

우리 얼굴은 순식간에 찌질이 추남을 목격해 버린 공포로 물들었다. 나는 속눈썹과 어깨를 파르르 떨면서 말했다.

── 정말로 저희를 생각하신다면 키 작고 못생긴 양아치만 한 트럭인 세상을 더 걱정하셔야죠. 그리고…… 대표님도 예쁜 여자 좋아하시잖아요.

— 흥, 난 여자 얼굴 절대 안 봐. 무조건 됨됨이만 본다고. 사무실에 니들 같은 와꾸들만 앉혀 놓은 거 보면 모르겠냐?

순간 옆 테이블 여자들의 시선이 우리 쪽으로 확 쏠렸다 되돌아가는 게 느껴졌다. 박국제는 아뿔싸 하는 표정을 짓다가, 갑자기 두 달 전 마무리된 업무 얘기를 횡설수설 늘어놓았다. 수진 언니조차 대꾸하지 않는 밥상에 쉰 반찬 같은 침묵이 내려앉았다. 박국제는 우리가 손도 대지 않은 제육볶음 4인분을 혼자 다 먹고선 돌아가는 내내 배가 터져 죽겠다며 칭얼거렸다.

그러거나 말거나, 나는 옆 테이블 여자들이 식당 문턱을 나서자마자 나누었을 말들이 계속 신경 쓰였다. 한마디도 안 들리는데 이미 모든 대화를 들은 것만 같았다. 아마도 이딴 놈 밑에서 일하는 우리를 연민하고 동정했을 것이다. 그들이 어떤 얘길 나누든, 아마도 그 말이 다 맞을 것이기에 나도 내가 불쌍했다.

4화

/

우리들의 일그러진 뷰티

칙칙한 월요일 오전 11시는 국제마인드뷰티콘텐츠그룹의 기획 회의 시간이다. 여기에는 치사한 농간이 숨어 있었다. 주간 보고가 금요일 5시이므로, 기획 회의에 시정된 아이디어를 갖고 가려면 주말에도 반드시 업무를 봐야 했다. 그러나 박국제가 바보 멍텅구리인 것이 우리들에겐 요행이었다. 박국제는 아이디어의 퀄리티보다 개수를 따졌고, 어떤 허무맹랑한 기획이든 많기만 하면 도토리 같은 엄지를 척 날렸다. 나는 이미 하루 날 잡고 그럴듯해 보이는 쓰레기 기획들을 100개쯤 비축해 놓은 상태였다. 때로는 그것들을 수진 언니나 지구에게도 몇 개씩 나누어 주었다.

오늘은 와이파이 증폭 스티커를 굿즈로 엮은 '스마트폰 닥터 제임스의 데이터 뷰티'나 코로나 시국을 겨냥한 '방역 닥터 제임스의 마스크 뷰티' 따위를 제안할 생각이었다. 여의치 않다면 '트로트 닥터 제임스의 창법 뷰티', '중년 닥터 제임스의 환갑 뷰티'까지 몰아칠 의향이 있었다. 어떤 아이디어든 중간에 지지부진해지는 체계 없는 시스템을 역이용하는 것이었다. 그러나 오늘 박국제는 우리 아이디어를 탈곡하는 대신 저 혼자 확정 의견을 냈다.

— 다음 아이템은 '몸매 닥터 제임스의 필라테스 뷰티'가 좋겠어.

이때까지는 웬일로 말 같은 말을 하지 싶었다. 실제로 필라테스는 요즘 가장 핫한 운동이었고, 의류나 소도구로 초심자용 굿즈를 꾸리기도 쉬웠다. 그런데 제작비가 너무 많이 들지 않을까? 머릿속으로 단가를 가늠해 볼 때였다. 수진 언니가 곰팡이 핀 식빵을 깨문 듯한 떨떠름한 미소로 박국제에게 물었다.

— 혹시…… 사장님이 직접 필라테스를 가르치실 건가요?

합당한 의문이었으나 절대로 아니 될 말이었다. 필라테스는 재활 운동이니 늘씬하거나 길쭉하지 못한 박국제에게도 배울 권리는 있었다. 자격증이 있다면 가르칠 수도 있을 것이다. 하지만 상업적으로 봤을 때 그림이 너무 추했다. 박국제의 부모조차 그가 필라테스하는 꼴만은 보고 싶지 않을 거였다.

— 뭔 소리야. 나는 필라테스할 줄 몰라. 한 번도 해 본 적 없어.

— 그러면요?

— 이번에는 내가 학생 역할인 거지. 필라테스가 초반
엔 더 힘들다며? 그러니까 프로 강사랑 낙제생을 붙여서 배
워 가는 과정을 보여 주는 거야.

솔직히 나는 웃기긴 하겠다고 생각했다. 그러나 수진 언
니는 아닌 모양이었다.

— 오호호…… 너무 좋은 의견인데요. 근데 고객님들
은 보통 강의를 집에서 시청하잖아요. 집에 필라테스 시설을
갖춘 분들은 없을 테고…… 도구까지 갖춰 놓은 분들은 이
미 초심자가 아니지 않을까요? 게다가 매번 장소 대관하고
강사 초빙하고, 영상 편집 외주까지 하면 비용도 꽤 커질 텐
데요…….

지구도 손을 들고 한마디 거들었다.

— 이거 와이넷 협업 프로젝트 건 아닙니까? 서비스 런
칭 기한이 당장 두 달 후라 시간이 촉박합니다. 지금도 강 대
리님이 매번 날짜 리마인드해 주고 계십니다. 반드시 기간
엄수해 달라고.

들다 보니 이 또한 타당한 얘기였다. 그러나 박국제는
똘똘하기 짝이 없는 수진 언니와 지구를 대놓고 나무랐다.
도전 정신이 없다. 짬 좀 찼다고 몸 사리는 거냐. 제발 뺀질
거리지 말고 일들을 해라 등등. 훈계조로 좔좔 쏟아 내는 잔
소리가 청산유수였다. 나는 이런 화법을 '독개구리의 몸집
부풀리기'라 불렀다. 신기하게도 악덕 대표들은 꼭 업무적

설득이 필요한 순간마다 치사한 기 싸움을 걸었다. 일이야 개판이 되든 말든 직원부터 찍어 누르고 보는 게 그들이 알량한 자존심을 수호하는 비법인 것 같았다.

— 니들 돈 써? 니들 시간만 써? 누가 니들 보고 강사 구해 오랬냐구. 내 폰에 저장된 연락처만 1500개가 넘어.

— 아! 이미 강사를 구하고 말씀하신 거군요.

— 구한 게 아니고 구해진 거나 마찬가지라고.

— ……

— 이건 보나 마나 초대박이야. 니들은 모르겠지만, 사업가한테는 촉이라는 게 있거든. 그게 지금 계속 와.

지저귀는 꼬라지를 보니 이번 일도 그르칠 모양이었다. 된다고 우겨서 진짜 되면, 우리 모두 부자나 마법사, 아이돌이나 우주비행사, 대통령으로 살고 있지 않을까? 어째서 내 눈엔 보이지도 않는 가능성들이 대표의 단춧구멍 눈깔 앞에서만 반짝이는 걸까? 궁금했지만 이런 걸 물었다간 제 혈압을 이기지 못한 박국제가 응급실로 이송될 수도 있었다. 나는 그가 병원보다는 감옥에 가길 바라서 매일 할 말을 참는 중이었다. 어쨌든 수적 열세에 직면한 박국제는 화면이 작살난 스마트폰을 몇 번 조작하더니 우리 쪽으로 스크린을 돌렸다.

— 못 믿나 본데 지금 애랑 협의 중이라고. 유튜브 100만 구독자 넘긴 강사면 꽤 쓸 만하지 않겠냐? 인스타 팔로워는

10만밖에 안 되지만.

10만이 '밖에'라는 조사와 붙을 숫자는 아니지만, 이것이 바로 박국제식 허세의 일종이었다.

— 어, 저 이 선생님 알아요! 예능에도 가끔 나오시잖아요! 대표님 이런 분이랑도 알고 지내세요?

— 친한 건 아니고. 오며 가며 몇 번 보다가 오빠 동생하는 사이지.

— 와……

— 이 선생님 이제 연예인만 봐 주신다던데.

사람들이 이야기꽃을 피우는 와중에, 나는 하마터면 천장으로 솟아오를 뻔했다. 휴대폰 속에서 해맑게 웃고 있는 여자는 다름 아닌 유지안 씨였다. 으악, 으악. 으아아악. 나는 뜨악한 심정으로 무언의 포효를 이어 갔다. 이제서야 박국제가 뜬금없이 필라테스에 꽂힌 이유를 알 것 같았다. 박국제는 사적인 접근에 실패했다. 그래서 이번에는 공적인 루트로 유지안 씨를 옭아매려는 것이었다.

*

유지안 씨가 우리 측 제안에 응할 확률은 거의 없었다. 박국제가 회사를 통째로 주고, 제 신장 하나까지 떼 준대도 거들떠도 안 볼 가능성이 높았다. 복사 용지값에도 발발 떠는 박국제라면 큰맘을 먹고도 터무니없는 금액을 부를 것이 뻔했다. 그 금액이 과연 유지안 씨의 구미를 당길 수나 있겠는가.

그러나 수진 언니는 진지하게 유지안 씨 측에 보낼 제안서를 꾸리는 중이었다. 심지어 언니는 좀 행복해 보였다. 몰랐는데 언니 본인이 유지안 씨 유튜브 구독자가 100명 미만일 때부터 그를 지켜봐 온 팬이란다. 수진 언니가 꾸준히 필라테스를 배운다는 건 알고 있었지만, 사무직으로서의 생명 유지 장치일 거라 생각했다. 운동처럼 끔찍한 활동을 즐기는 사람은 인터넷에나 있는 줄 알았는데……

나는 점심밥도 마다하는 수진 언니를 보며 부채감과 배덕감을 느끼기 시작했다. 어차피 안 될 일, 그리고 되어서도 안 되는 일에 매달리는 언니를 모른 척하기가 힘들었다. 나는 박국제가 대표실에서 자는 모습을 세 번 네 번 확인한 후 수진 언니와 지구를 몰래 탕비실로 불러냈다.

─언니, 그리고 지구야. 할 말이 있는데 듣고 나서 소리 지르거나, 박국제한테 티내거나 하면 안 돼. 약속해 줄 수 있지?

─응. 한두 번이니?

─다정, 뭔데 그래.

나는 혹시 몰라 촬영해 두었던 박국제의 DM 내역을 둘에게 보여 주었다. 처음에는 이게 뭔가 하던 두 사람의 눈이 곧 탁구공 네 개처럼 커졌다. 나는 쉿, 쉿, 사인을 주며 탕비실 바깥 동태를 살폈다. 조용했다.

── 세상에! 이거 사장님이야? 상대방은 유지안 강사고?

── 우웩, 우웩.

지구는 뭐라 대구하지도 못하고 구역질하는 시늉만 했다.

── 나머지는 톡으로 얘기하자.

우리는 경보하듯 사사삭 흩어졌다. 사무실에 울리는 분노의 타자 소리가 흡사 말발굽 소리 같았다.

이수진 [얘들아, 사장님 몇 살이지? 충격받아서 갑자기 기억이 안 나.]

김다정 [50 아냐? 액면가는 그 정돈데.]

오지구 [한국 나이로 42세야. 혼자 스토커 짓 해 놓고 오빠 동생 사이? 최악이다.]

이수진 [너무 징그러워! 지안 쌤은 32살인데……. 근데 다정이 넌 이거 언제 알았어?]

김다정 [난 지난주에 알았는데. 말하면 언니랑 지구까지 스트레스 받을까 봐 가만있었거든……. 설마 유지안 님을 일에 끌어들이려 할 줄이야.]

이수진 [나 식욕이 싹 사라진다. 점심은 너희끼리 먹고 올래……?]

김다정 [올 때 샌드위치 같은 거라도 사다 줄까?]

이수진 [아니아니, 진짜 괜찮아. 다녀와.]

오지구 [박한테는 우리가 대충 말해 둘게.]

솔직히 나나 지구도 박국제와 겸상하고 싶은 기분은 아니었다. 하지만 세 명 다 빠지면 무언가 일이 생겼다는 티가 났다. 이럴 때 두 명만 나가 놈을 상대해 주는 것이 우리 사이의 '타격 품앗이' 룰이었다. 그나마 상태가 괜찮은 두 명이 소란을 떨며 제일 충격받거나 화가 난 한 명의 침묵을 감춰 주는 것이었다.

우리의 입맛을 제거한 박국제는 우리 몫까지 입맛이 도는지 그날 점심밥을 싹싹 비웠다. 놈이 음식을 먹느라 쉼 없이 날름대는 혓바닥이 오늘따라 계속 눈에 거슬렸다. 사실은 나도 그 붉음과 두툼함이 역겨워 참을 수 없을 지경이었다.

5화

/

일잘러 수진의 웃음

　박국제는 시간마다 대표실에서 뛰쳐나와 수진 언니를 못살게 굴었다. 아침에 지시한 기획안을 당장 받아 보고 싶어 안달이 난 눈치였다. 나라면 폭발하고도 남았을 텐데 언니는 그저 초연했다. 지구는 박국제가 어떤 소음을 내도 돌아보지 않는 식으로 그를 무시했지만, 원래부터 그랬기 때문에 그 또한 태연해 보였다.

　— 시간 좀 걸려요.

　— 아니 그러니까 언제? 나 늙어 죽고 나서 줄 거야?

　— 목요일은 되어야 나올 것 같은데요.

　— 모옥요오이일? 아니, 수진아. 넌 매사 그렇게 진지한 게 문제라니까. 그거 절대 장점 아니랬지. 내가 이거 시킬 때 뭐랬어, 제안서니까 대충 가볍게, 엉?

　— ……알겠어요.

　— 그럼 언제까지 돼?

　— 내일 오후까지요.

── 끄응.

실무에 깜깜한 대표는 피곤했다. 어떤 일에 얼마만큼의 시간과 공과 비용이 드는지 전혀 가늠하질 못했다. 업무별 사이즈를 모르니 오더도 중구난방인 것이다. 대표들 마법의 주문은 '빨리빨리', '싸게싸게'였지만, 일이란 정직했다. 빨리빨리 싸게싸게 만든 것들은 그저 그만큼일 뿐이었다.

나는 때때로 우리 회사 콘텐츠 전반에 드러나는 싼마이 뉘앙스가 고개를 들 수 없을 만큼 창피했다. 나중에 내 포트폴리오에 쓸 수나 있을까. 그냥 회사 안 다니고 쉬었다고 말하는 게 더 유리하지 않을까 싶기도 했다. 그렇다면 내체 여길 왜 다니고 있는 것인지……. 이 질문에 대한 답은 의외로 카드값 고지서에 적혀 있었다. 내가 희망찬 미래를 위해서가 아니라 저질러 버린 과거를 수습하며 사는 인간이라 그렇다. 하지만 밥 먹고 술 먹고 옷 입고 사는 게 그리 큰 죄인지는 여전히 모를 일이었다.

박국제가 들어간 것을 확인한 나는 슬금슬금 수진 언니에게로 다가갔다.

── 언니, 대충 갈겨 버려. 박국제도 대충 하래잖아.

── 그래도 일인데 대충은 없지.

── 기분도 드러운데 이따 술 마실래?

── 미안. 나 오늘 선약 있어.

── 잉? 언니 같은 집순이가 웬일로? 혹시 혼자 있고 싶

어서 그래?

　— 아니아니, 오랜만에 대학 동창 만나기로 했거든.

　지구한테도 치근덕거렸으나 역시나 바쁘다는 대답이 돌아왔다. 카카오톡 대화 목록을 훑다가, 고등학교 동창이자 동네 친구인 지원에게 메시지를 보냈다. 밤낮없이 공무원 시험을 준비하는 친구라 불러내기 미안했지만, 어쨌든 오늘은 술을 와르르 마시고 싶은 날이었다.

*

　— 미안미안. 칼퇴하려는데 미친 대표 새끼가 안 나가고 뭉개는 거야. 그거 눈치 보느라……. 대신 오늘 이거 내가 살게!

　— 나야 뭐 가진 게 시간뿐인데. 맨날 네가 사니까 오히려 미안하지.

　— 야, 지금이라도 그 자유를 즐겨. 취직하는 순간 지옥이야. 이모, 여기요! 소주 하나 주세요. 아니다, 혹시 서울의 밤 있어요?

　자리에 앉으며 일부러 너스레를 떠는데, 감자탕 표면이 바싹 메말라 있는 게 보였다. 음식이 나온 지 적어도 20분은 된 모양이었다. 나는 괜히 국자를 들고 국물로 뼈를 적시며 눈알을 굴렸다. 맨날 똑같은 사과, 똑같은 핑계…… 받아

주는 사람도 지루하겠지만 하는 나도 민망했다.

나는 왜 맨날 못난 대표 때문에 지인들에게 죄인이 되는 걸까? 이제는 계약서상 명시된 노동시간이 몇 시부터 몇 시였는지도 가물가물했다. 포괄 임금제인지 뭔지에 묶여 월급은 동결인데도, 노동시간만큼은 놀랍도록 유연한 탓이었다. 어떨 때는 밤늦도록 야근하는 것보다 때와 장소를 가리지 않는 업무 지시가 더 스트레스였다. 바로 지금처럼. 박국제가 평일 오후 8시 47분에 뜬금없이 보내오는 업계 동향 및 레퍼런스 링크 폭탄들을 받을 때 말이다.

Kookjae James park [〈이슈, 반짝〉 인터뷰: 2021 최고의 인플루언서 유지안을 만나다]

Kookjae James park [MZ세대는 '필라테스' 중…… 요가 웨어 시장 덩달아 급성장]

Kookjae James park [거북목-척추측만증 방치하다 사망까지…… 전문가들, "필라테스 하세요"]

이수진 [(이모티콘)]

Kookjae James park [내일까지 health care/Filates 관련 article 각자 열 개 씩 공유하길 바람.]

Kookjae James park [헬스 스타트업 '(주)필라앤테스파'…… 3년 새 매출 100배, 성장 비결은 '0원 광고비']

Kookjae James park [요즘은 광고비 몇억 태우는 게 능사가 아

님. 잘 만든 광고는 말 없는 발처럼 간다. 명심해.]

　　이수진 [(이모티콘)]

　　오지구 [sp]

　　오지구 [네]

　　오지구 [근데 Filates 아니고 Pilates]

　　오지구 [말 없는 발 아니고 발 없는 말]

　　Kookjae James park [김다정이는 또 대답이 없네?]

　　──이 새끼가 진짜!

　　나도 모르게 경기하자 잔을 채워 주던 지원이 퍼뜩 놀라 고개를 들었다.

　　──이거 봐 봐! 우리 대표 진짜 왜 이래? 맨날 시도 때도 없이 이딴 카톡 보낸다니까?

　　──그러게. 피곤하게 군다.

　　──피곤한 정도가 아니라…… 오늘은 어땠는지 알아? 대표가 징그럽게 껄떡거렸다던 그 예쁜 여자 있잖아. 난 잘 몰랐는데 엄청 유명한 필라테스 강사더라구. 가당치도 않아. 캐다 만 돼지감자 같은 게……. 이거 듣고 수진 언니랑 지구도 완전 빡쳤어. 내가 다 말했거든.

　　──흐흐흥, 다들 놀랐겠네.

　　──장난 아니었지. 수진 언니는 오늘 밥도 안 먹었어, 속 안 좋다고. 근데 그 언니는 진짜 대단하긴 한 거 같아. 그 와

중에도 어떻게든 멘탈 잡고 대표 새끼 보여 줄 기획안 쓰더라. 대박이지?

— 응.

— 앗, 너무 내 얘기만 했다. 너는 오늘 뭐 했어?

— 맨날 똑같지. 스카 가서 인강 듣고 문제 풀고…….

— 스터디 카페 그런 덴 잘생긴 남자 없어?

— 없지. 그리고 있으면 뭐 하게.

— 공부하면서 연애도 하고 그러다 같이 공무원 되고! 좋잖아.

— 아니. 난 전혀 안 좋을 거 같은데.

지원은 민망한 듯 무언가를 숨기는 듯 어설픈 미소를 지으며 소주 한 병을 추가했다. 이후로는 한 잔도 마시지 않는 걸 보니 상황 면피용 주문인 것 같았다.

— 다정아, 막잔하고 들어가자. 2차는 못 가겠어.

— 집으로 가?

— 집 가야지. 나 내일 공부할 것도 산더미고.

— 술 먹고 들어가면 부모님이 눈치 준다며. 그냥 우리 집에서 자고 가. 내일 나 퇴근할 때까지 있으면 더 좋고!

— 너희 집에서는 스터디 카페 멀어. 강의 볼 것도 남았고.

— 야아, 공부를 꼭 그렇게까지 해야 돼? 하루 이틀쯤 쉬면 안 돼?

순간 소지품을 챙기던 지원의 손길이 정지했다가 몇 초가 지난 후 다시 자연스러워졌다. 지원은 내가 잡아 준다는 택시를 어색하게 거절하고 인사도 없이 집 쪽으로 걸었다.

집에 도착해 샤워하는 내내 물줄기를 따라 후회가 흘러내렸다. 너무 수다스러웠어. 눈치가 없었던 거야. 40분이나 늦어 놓고 내 할 말만 지껄였잖아. 솔직히 얼마나 짜증 나겠어, 맨날 부정적인 얘기만 해 대니까…….

그러나 내가 사과하기도 전에 지원으로부터 먼저 전화가 걸려 왔다.

— 어, 지원아. 집 잘 들어갔어? 아깐 내…….

〔다정아, 너 요즘 진짜 많이 변한 거 알아?〕

— 알긴 알지. 성격도 나빠지고 입도 험해지고 술도 엄청 마시고…….

〔그게 아니라 자기 연민 때문에 주변이 하나도 안 보이는 사람 같아. 돈 버는 일 더럽고 치사하겠지, 근데 공부도 만만한 거 아니거든. 막말로 너는 돈이라도 벌잖아. 나는 공부할수록 돈이 새는데, 내가 어떻게 스카에서 남자를 찾고 하루 이틀 빠지는 여유를 부리겠어. 솔직히 네가 내 공부 너무 우습게 본다는 생각밖에 안 들어. 회사 언니랑 친구 스트레스받는 건 그렇게 신경 쓰면서 나한텐 왜 그러는 거야? 내가 네 감정 쓰레기통이야?〕

— 헉, 지원아. 미안해, 그동안 많이 서운했구나…….

〔아니? 나는 서운한 게 아니라.〕

술이 홀딱 깼다. 심장이 어찌나 빨리 뛰는지 이러다 멈춰 버릴 것만 같았다.

〔화가 난 거야. 실망한 거고.〕

전화는 그렇게 끊어졌다.

잠들기 전 고심을 거듭해 장문의 메시지를 보냈지만, 뚱뚱한 말풍선 옆 '1'은 다음 날 정오가 지나도록 사라지지 않았다. 지원이 이미 스터디 카페에서 점심 도시락을 먹고도 남을 시간이었다. 나는 한 번 더 말을 걸어 보지 못했다. 박국제가 긴급회의를 소집했기 때문이었다.

*

— 필라테스 기획 들어가기 전에 영상 편집자랑 디자이너를 구해야겠어. 외주비가 너무 세. 안 그래?

— 헉! 맞아요!

듣던 중 반가운 소리였다. 놀랍기도 했다. 박국제는 항상 회사를 무럭무럭 키우고 싶은 마음과 영원히 '5인 미만 사업장'을 유지하고 싶은 마음 사이에서 갈팡질팡하고 있었다. '5인 미만 사업장'은 무적이었다. 지키지 않아도 되는 노동법이 참 많기 때문이었다. 만약 5인 이상 사업장이 된다면 우리에게도 드디어 법적으로 보장되는 '연차'라는 게 생기는 것이었다.

박국제는 악덕 대표답게 우리가 쉬는 것을 대놓고 싫어했다. 거의 혐오한다고 봐도 좋았다. 가끔 많이 아플 것 같거나(?) 집안 대소사가 있어 휴가를 받으려면 미리부터 박국제의 비위를 맞추며 알랑거려야 했다. 물론 정당한 승인을 받고도 휴가 후 출근하면 어마어마한 구박을 받았다.

가만 보면 코로나 시국 방역 정책에 가장 민감한 것도 박국제였다. 그는 우리 중 누군가가 감염될까 봐, 그래서 전원 재택근무 체제에 들어가야 할까 봐 모세혈관을 벌벌 떨었다. 우리에게 손 씻어라, 어디 나가지 마라, 백신 맞아라, 마스크는 꼭 KF94를 껴라 잔소리를 일삼는 그를 보고 있자면 뒷걸음질 도덕이란 저런 것이구나 싶었다.

── 그리고 강서경이네랑도 쇼부를 쳤다. 3개월 후 와이넷 메인에 '헬시뷰티'라는 탭이 대문짝만하게 생길 건데, 6개월 동안! 목요일마다 무조건! 우리 콘텐츠 메인에 걸어 준다는 약속을 받아 냈다고. 야, 오지구. 봤지? 두 달 후 무조건 런칭? 아니잖아. 내가 언짢아하니까 기한 바로 연장되잖아. 그러니까 너는 아직 안 된다는 거야, 알겠어?

── 확실히 승인하신 거 맞습니까? 저한테는 두 달 후라고 몇 번이나 그러셨는데.

── 골 때린다, 진짜. 누가 보면 내가 맨날 거짓말만 하는 줄 알겠어.

나는 혼란스러워 보이는 지구 대신 아무 의미 없는 공치
사와 질문으로 오디오를 채웠다.

— 우와아아. 역시 우리 대표님. 그럼 반년간 목요일 장
기 구좌를 독점하신 건가요? 대기업은 보통 그런 식으로 안
한다던데 신기하네요. 광고비는 얼마인가요?

— 없어. 0원이야.

— 네?

— 김다정이 너 내가 어제 보낸 아티클 봤어. 안 봤어.
필라앤테스파 0원 광고비 기사 말야.

— 노력은 했지만 결과적으로 못 봤는데요.

— 으이구, 퇴근하고 놀고 먹고 잘 생각만 말고 발전이
라는 걸 도모해 봐. 앙? 그리고 와이넷이 우리 콘텐츠 갖다
지네 메인 채우는 건데 무슨 광고비를 내? 비용을 받았음
받았지 그걸 왜 내겠냐고 우리가.

— 음…… 강 대리님이 다른 조건 얘기를 아예 안 하시
던가요?

— 조건이라고 해 봐야 형식적인 거지. 유지안 강사 반
드시 초빙하고 다른 포털에는 3년 동안 중복 게재하지 말
고! 그 정도야 뭐, 깔깔깔깔깔!

이후 30분 정도, 와이넷에 갈 때마다 강서경 대리와 어
떤 기싸움을 벌였는지, 어떻게 승리했는지, 자기가 매번 어
떤 카리스마를 뿜내고 왔는지 영웅담 같은 추악담이 이어졌

다. 박국제의 기세에 납작 눌린 강 대리가 홀린 듯 메인 노출 혜택을 갖다 바쳤다는 것이 핵심이었다.

— 하여튼 그 싸가지는 내가 완전 뭉개 버렸어. 걔도 이 참에 사회생활 많이 배웠을 거다. 그건 됐고 우리 수진이, 기획안 얼마나 됐어? 설마 더 기다려야 하나?

이럴 때의 박국제는 기한을 잊어서 되묻는 게 아니었다. 기한을 목전까지 당기려고 압박을 가하는 것이었다. 천사표 우등생인 수진 언니는 언제나 이쯤에서 놈의 방정맞은 속도에 일을 맞춰 주곤 했다.

— 완성됐어요. 안 그래도 보여 드리려던 참이에요.

— 오! 빨리 가져와 봐. 니들 둘은 나가 보고, 오지구는 사이트에 디자이너 채용 공고부터 올려라.

— 디자이너만요? 영상 편집자는요?

— 디자이너 공고에 영상 편집 능력 필수라고 적어! 요즘 브이로그인지 나발인지 하는 애들 많아서 이래도 다 뽑혀.

— ……페이는요?

— 당연히 '내규 협의'지. 그리고 4년제 이상, 포트폴리오 필첨으로 해. 대학원 졸 우대, 영어 능통자 우대, 동종 업계 경력 우대 이런 거 최대한 많이 걸어 봐. 어중이떠중이들 안 꼬이게.

지구는 묵례하는 척 모가지 체조를 하고 회의실을 나갔다. 나도 할 수 있는 최대한 슬리퍼를 질질 끌며 느리게 그곳을 벗어났다. 스타트업 대표란 참, 아무것도 훔치지 않는 도둑놈이 아닐 수 없었다.

*

박국제와 수진 언니가 열띤 토론을 하는지 웅웅 뭉개진 대화 소리가 내 자리까지 들려왔다. 직원 채용은 환영하는 바이지만, 박국제가 너무 확고해서 찝찝하기도 했다. 내가 알기로 놈이 저렇게 나서서 잘된 일은 하나도 없었다.

그는 근본적으로 좋은 대표도 유능한 사업가도 참된 인간도 아니었다. 그래서 변두리의 사이비 교주는 될 수 있어도 혼자 라이벌이라 여기며 질투하는 인플루언서 '김샘'처럼 되지는 못했다. '㈜김샘학교' 대표이자 최고의 청년 멘토인 김샘과 박국제 사이 어떤 접점이 있느냐 묻는다면, 당연히 아무것도 없다. 그러나 박국제는 늘 우리가 업계 2위라며 '타도 김샘'을 외쳤다. 둘만 비교하니 둘 중 하나가 2위인 거지, 우리가 정말로 업계 2위인 것은 아니었다. 어쩌면 이번 채용도 화려한 멤버 구성으로 화제가 되었던 ㈜김샘학교의 비주얼 팀을 의식한 것일지 몰랐다.

화장실에 다녀온 지구가 멍하니 앉아 있는 내 어깨를 툭 건드렸다.

— 다정, 어제 많이 마셨나 봐, 안색이 안 좋은데.

──술보다는 같이 마신 친구랑 트러블이 좀 있었어.

　　──왜?

　　──지구야, 나 여기 들어와서 변했어? 성격 이기적이야?
내가 그런가?

　　──흠……. 친구가 그래? 아직 학생이랬나?

　　──아니, 공시생이야, 걔.

　　──공시가 뭐야?

　　──공무원 시험. 공무원 되고 싶은 사람이 하는 공부.

　　──네가 변한 건 모르겠는데. 너보다는 오늘 수진 언니
좀…… 이상하지 않아?

　　──언니가 이상하다고? 왜?

　　──평소에는 화났으면서 웃는 느낌인데, 오늘은 진심으
로 즐거워 보여.

　　고개를 갸웃대는 사이 회의실 문이 열리고 두 사람이 걸
어 나왔다. 듣고 보니 수진 언니 얼굴이 수상하도록 밝아 보
이기도 했다. 내 마음이 어두워 상대적으로 환해 보이는지
도 몰랐다.

6화

/

아름다운 대표의 최후

그날 오후, 박국제는 차 키를 든 채 갑작스레 줄행랑을 쳤다. 궁둥이 씰룩거리는 본새가 오두방정도 그런 오두방정이 없었다. 도대체 어딜 가나 했더니 필라테스복 사러 백화점에 갔단다. 덕분에 우리끼리의 평온한 점심시간을 얻었다. 박국제가 남기고 간 법인카드는 덤이었다.

— 사장님이 먹고 싶은 거 전부 시켜 먹으래. 뭐 먹을래?

— 헐, 그 좀팽이가?

입사 후 박국제가 점심을 사 준 것은 이번이 두 번째였다. 첫 번째는 첫 출근 날. 부대찌개 집에서 어찌나 생색을 내던지 지독하게 남은 기억이었다. 자유롭게 쓰라고 준 카드지만 진짜 자유롭게 썼다간 경을 칠 게 뻔했다. 우리는 인당 9000원이 넘지 않도록 조심하며 가성비 파스타를 주문했다. 박국제 하나 사라진 것만으로 꿀맛이었다.

— 언니, 근데 박국제가 지안 님 강사료 얼마로 책정했어?

나는 내친김에 제일 궁금한 것을 물어보았다. 원래 이런 건 오피셜하게 공유가 되어야 하지만, 박국제는 비용에 관해선 언제나 '암암리 법칙'을 고수했다. 공금 사용처를 대놓고 물어보면 말을 돌리거나 신경질을 부렸고 이유는 알 수 없었다.

——놀라지 마, 회당…… 48만 원 제시했다. 풋.

——설마 2차 가공, 강의 저작권, 초상권 사용 동의까지 묶어서…… 48만 원?

——당연하지. 진짜 웃기지?

지구는 비웃었고, 나는 차라리 입을 틀어막았다.

——20강짜리잖아! 근데 출연료를 1000만 원도 안 쓰겠단 심보야?

——다정아. 사장님 DM 본 후로 계속 죄책감 느끼는 거 알고 있어. 그렇지만 걱정할 필요 없어. 이건 이미 망했거든.

어쩜 이럴 수가. 사랑(을 빙자한 사이버 스토킹)에 빠진 박국제도 결국은 박국제였던 것이다. 인플루언서 섭외 단가에 대해 정확히 알진 못했지만 1000만 원으로 20개짜리 강의를 찍고 모든 권리를 양도받는다는 것은 협업이 아니라 재능 갈취이자 착취였다.

듣고 보니 제안서를 전달하는 과정도 우습기 짝이 없었다. 수진 언니는 회사 공식 인스타그램 계정으로 유지안 씨 계정을 찾아 우리에게 보여 주었다. 보이는 게시물이 하나도 없었다. 박국제는 아마 가장 먼저 'kook25bba' 계정으로 마수를 뻗었을 것이다. 유지안 씨는 한 번만 더 말 걸면 차단하겠다는 선언을 지켰을 테고, DM이 막힌 박국제는 회사 계정으로 다시 연락을 시도한 모양이었다. 결과는 역시나 차단이었다.

— 사장님은 회사 계정까지 차단당한 거 몰라. 보고하면 백화점 안 갈까 봐 말 안 했어.

— 아, 진짜 웃기다. 내가 아직도 순진했네. 이 일이 잘될 턱이 없는데. 근데 혹시라도 박국제가 홧김에 강사료 몇 배로 올려 준다 허세 떨면 어떡해?

— 다정아, 이건 모든 게 다 문제지 돈만 문제가 아냐, 절대로.

— 유지안 님 브이로그나 필테 영상 보면 의외로 중소기업 광고도 많이 받으시더라고. 에어프라이어나 책처럼 좀 생뚱맞은 광고도 하시던데.

수진 언니는 볼주머니에 보석 반지를 숨긴 햄스터처럼 웃다가, 우리에게 살며시 비밀을 털어놓았다.

— 나 어제 술 마신다 했잖아. 그거 사실 강서경 대리랑 마신 거야.

— 대학 동창 만난다며.

— 그 언니 나랑 한국여대 동문이야.

— 허억! 진짜?

— 나는 언론정보학과, 서경 언니는 경영학과. 우리 둘

다 학부 때 독서토론 동아리 했거든. 그러다 친해져서 교양 수업도 같이 듣고 그랬어.

대한민국은 확실히 좁은 나라였다. 오죽 좁으면 다섯 다리만 건너면 모두 아는 사이라는 농담이 통용될 정도일까. 그러나 놀라운 일은 여기서 끝이 아니었다.

— 실은 유지안도 한국여대 무용과야. 우리 동아리였고. 나랑은 어색했는데 서경 언니랑은 그때부터 되게 친했거든.

— 그럼 설마……! 유지안 님 브이로그에 가끔 나오는 '깡깡언니'가 강서경 대리님이야?

— 응.

— 며칠 전에도 독립 서점 투어 영상에 나오시던데. 얼굴이랑 목소리는 안 나왔지만.

— 그럼 맞을 거야. 학생 때도 둘이 그런 데 잘 찾아 다녔어.

— 와아우, 한국여대 만만세다…….

— 애초에 유지안 유튜브 구독한 것도 서경 언니가 부탁해서거든. 나 필라테스 시작한 것도 서경 언니가 강추해서야.

그때 갑자기 어떤 의문이 파르륵 뇌리를 스쳤다.

— 근데 강서경 대리님이 메인 노출 조건으로 '꼭 유지 안이어야 한다'는 조건 걸지 않았어?

— 다 비밀이지만 여기서부터는 진짜 비밀인데.

── 응응.

── 와이넷은 진작부터 우리랑 협업할 생각이 없었대. 물론 처음에는 있었겠지. 근데 사장님이 미팅 내내 무례하게 굴고 거짓말하고, 억지 부려서 도저히 안 되겠더래.

── 그럼 그냥 말하면 되잖아. 너희랑 일 안 한다고.

── 서경 언니는…… 당하고는 못 살아. 옛날부터 한 방 먹으면 열 방 때려 주는 성격이었어. 그 언니가 제일 싫어하는 건 멍청이, 제일 좋아하는 건 멍청이 응징. 되게 확실한 사람이야.

── 오오오, 존경스러워.

지구가 깍지 낀 손을 모으고 눈을 반짝반짝 빛냈다. 무감해 보여도 감이 좋은 친구였다. 지구가 포착한 수진 언니의 미소는 진짜로 평소와는 다른 미소였던 것이다.

── 사장님 지켜보면서 벼르는 중이었는데 유지안이 먼저 이 사람 누구냐고, 자기랑 서경 언니 계정 동시에 팔로우하던데 혹시 언니 지인이냐고 물어보더래. 처음엔 몰랐대. 근데 보다 보니까 그놈이구나 한 거지. 사장님은 뭘 하든 티가 나잖아.

── 그래서, 그래서?

── 서경 언니가 사장님 갖고 논 거지, 뭐.

── 살다 보니 이런 날도 오는구나. 박국제 빅엿 먹는 걸 실시간으로 보게 되다니.

―― 서경 언니가 조언하길…… 상대에게 큰 실망을 선물하고 싶다면 먼저 기대감을 키워 주래. 기대가 클수록 깨졌을 때 실망도 충격도 커지는 법이라고. 배신하고 싶으면 더 충성하고, 절연하고 싶으면 더 친해지고, 헤어지고 싶으면 더 사랑하래. 처음엔 이 언니 뭐야, 되게 무섭다 싶었는데, 생각할수록 무슨 말인지 알 것 같기도 하고.

수진 언니는 전혀 무서워 보이지 않았다. 지구만큼, 아니 지구보다 즐거워 보였다. 나로 말하자면 즐거움이 지나쳐 감동스러울 정도였다. 박국제는 우리가 음식을 다 치우고 양치질을 마치고, 커피와 함께 한바탕 수다 타임을 벌일 때까지 보이지 않다가 초저녁이 다 되어서야 돌아왔다. 양손에 온갖 에슬레저 브랜드 쇼핑백을 가득 든 채였다. 저것이 앞으로 부서질 기대감만큼의 부피로구나 생각하자 평소처럼 눈꼴시지 않았다.

*

박국제는 자기의 야심만만한 제안이 유지안 씨에게 씹혔다는 걸 도통 인정하지 못했다. 수진 언니에게 비보를 전해 듣고, 강서경 대리와 통화까지 나눈 후엔 탁상 달력이니 에어컨 리모컨이니 하는 것들을 집어 던지기도 했다. 처음에는 포효하는 꼴이 웃겼는데 나중에는 슬슬 저게 미쳤나 싫어졌다.

박국제가 못 믿는다고 현실이 그의 믿음대로 변해 주는 것은 아니었다. 수치심에 돌아 버린 박국제는 틈만 나면 우리 앞에서 유지안 씨 흉을 보았다. 시작은 유치했다. 예쁜 얼굴 다 성형이라는 둥, 너무 말라 거식증 있어 보인다는 둥 하다 나중에는 유부남이랑 만나는 걸 본 사람이 있니 없니 하며 협잡질을 일삼았다. 험담을 듣는 건 유지안 씨인데 바닥을 까 보이는 건 결국 박국제였다. 그딴 얘길 들어 주는 것조차 죄책감이 들 때면 강서경 대리의 조언이 떠오르곤 했다. 내 생각에 그 말의 핵심은 일희일비하지 말고 기다리라는 것이었다.

우리는 결국 나중에서야 나이 지긋한 재활치료사 선생님을 (가까스로) 섭외하게 되었다. 이리저리 굴려지며 뼛소리를 뚝뚝 내는 박국제를 보면서 일종의 대리만족을 느꼈으나 강의는 흥행에 참패했다. 심지어 박국제는 강의 녹화 말미에 허리와 발목을 크게 다쳐 몇 달 물리치료를 받아야만 했다.

통증과 치욕에 떠는 박국제를 보며 이런 촌극을 상영하는 곳은 역시 회사밖에 없겠다고 생각했다. 나는 조금쯤 인생을 긍정하게 되었다. 삶은 부당하지만 가끔씩 아주 멋진 인과응보를 보여 주었다.

7화

/

대표님의 생일 파티

유지안 씨 섭외 실패로 와이넷과의 인연까지 박살 난 후 박국제는 틈만 나면 트집을 잡아 댔다. 날카롭기가 쇼트트랙 국가대표의 스케이트 날 저리가라였다. 딱히 트집거리가 없을 때면 날씨나 연예인 가십에 분노를 투영했다. "아이 씨, 왜 이렇게 추워?", "차의현 저 자식은 꼭 꼴같잖게 기부로 돈 자랑을 하더라?" 하는 식이었다.

나는 무교지만 가끔씩은 하늘에 기도를 올렸다. 신이시여, 저 자식이 제발 입 좀 닥치게 해 주세요. 아니면 다이소에서 CEO용 입마개를 살 수 있게 해 주시던가요. 어떤 신도 답하지 않는 가운데 지루한 월, 화, 수, 목, 금 들이 반복되었다.

어느새 4월이었다.

나는 이 회사에 들어온 후 비로소 T. S. 엘리엇의 위대한 시를 이해하게 되었다. 4월은 박국제의 생일이 있어 우리에게도 잔인한 달이었다. 나는 여태 박국제만큼 생일에 집착하는 중년 남성을 본 적이 없었다. 정확히는 생일날 받는 대접에 집착하는 것이었지만, 뭐가 됐든 꼴사납기 짝이 없었다.

박국제는 4월 첫날부터 우리에게 눈치 아닌 눈치를 주기 시작했다.

— 이번 생일에는 혼자 쉴 생각이야. 얼마나 바빴는지 1년 동안 휴가 한 번을 간 적이 없네? 하긴, 너희들이 대표님을 좀 봐 줘야 가든가 말든가 하지?

만우절이라고 이 말을 농담으로 여겨서는 안 되었다. 진짜 아무도, 빈말로라도 붙잡지 않았지만 박국제는 늘 직원들이 자길 필요로 한다고 착각했다. 우리가 물가에 내놓은 어린아이들 같다나. 쉬어 빠진 꼰대 대표가 품 넓은 보호자인 듯 굴 때마다 참 대단하고 그 이상 하찮았다. 굳이 물가의 아이라 치자면, 우리들은 심청이었다. 공양미 세 바가지만큼도 안 될 월급을 위해 인당수에 몸 던지듯 출근을 이어 가는 것이었다.

언젠가부터 내 장래 희망은 간사한 박국제를 쥐어팬 후 깻값을 물지도 감옥에 가지도 않는 것으로 바뀌었다. 이 또한 모든 신께 번갈아 빌고 또 빈 사항이었지만 한 번도 이뤄지지 않았다. 많이 빈 것에 비해 성과가 없는 걸 보니 신들의 세계에도 방관자 심리가 있어 '나 말고 쟤가 들어주겠지.' 미루는 것만 같았다.

— 야야, 누가 나 4월 30일 스케줄 좀 봐 줘라. 생일 기념으로 나고야 온천이나 가려는데 일정 비어 있나?

— 네, 완전 비어 있습니다.

지구가 손까지 번쩍 들고 아뢰었으나 박국제는 수염이 몇 톨 돋은 턱을 쓰다듬으며 고개를 저을 뿐이었다.

— 하지만 공인으로서 이 시국에 해외여행은 모양새가 좋지 않지. 자가 격리 문제도 있고 말이야.

— 그럼 국내 휴양지는 어떠세요? 아니면 강남이라도요. 호캉스도 좋을 것 같은데요.

— 참나, 돈 아깝게 혼자 호텔을 왜 가냐?

— 아, 네에…….

만약 박국제가 정말로 휴가를 갈 거라 생각하는 사람이 있다면, 그는 진정한 국제마인드뷰티콘텐츠그룹의 직원이 아니었다. 박국제는 신나는 날 반드시 만만한 사람들이랑 놀았다. 그래야 주인공 자리를 꿰차고, 나머지를 손가락으로 부릴 수 있기 때문이었다. 이럴 땐 박국제에게 제대로 된 친구 하나 없다는 사실이 원망스러웠다. 할 수만 있다면 당근마켓에서 사비로라도 열댓 명 구해다 주고 싶은 심정이었다.

대안 없이 무의미한 시간들이 흘렀다. 그사이 박국제의

기대감은 잭의 콩나무처럼 하늘을 찌르고 있었다. 그는 점심 먹을 때마다, 걷거나 앉을 때마다, 회의 시간마다…… 궁금하지도 않은 내심을 활짝 펼쳐 보였다.

— 야, 너희들 내 생일이라고 선물 같은 거 사 오면 혼날줄 알아. 어차피 내가 주는 돈 아껴서 니들 쓸 데 쓰라고.

— 네에…….

— 요즘도 촌스럽게 풍선 달고 케이크 촛불 부는 생일 파티를 하나? 근데 니들은 보통 그러고 놀지?

— 아, 뭐 네에……. 그런 편이죠…….

— 생각해 봤는데, 마흔 넘어서 생일 챙기는 것도 웃기고, 너희들만 두고 놀러 가자니 불안하기도 하고. 그냥 그날 출근이나 해야겠어. 깍깍깍깍깍!

— 네에…….

이 순간 우리들의 '네에'는 거의 쌍욕이었다. 박국제가 원하는 건 우리가 쌈짓돈 모아서 선물도 사고, 풍선도 달고, 케이크의 초도 불 수 있게 완벽한 파티를 열어 주는 것이었다.

모두의 스트레스가 심하니 박국제가 없을 때도 그의 생일 파티 얘기가 나왔다.

— 박 저거 생일 파티 해 달라는 거 맞지?

지구가 울상을 하고 수진 언니에게 물었다.

— 당연하지. 안 하면 우리 죽어. 재작년에 너희들 없고

다른 분 계실 때 모른 척 넘겼다가 한 달 내내 괴롭힘당했어.

—하……. 나이 먹고 왜 생일에 집착이지?

—사장님 어머니가 어릴 때 돌아가셨잖아. 그래서 막상 초등학생 땐 생일 파티를 해 본 적이 없대. 그게 한이 됐다나.

순간 어린이 박국제의 처량맞은 표정이 상상되면서, 속에서 뜨거운 것이 치받았다.

—어쩌라고! 아빠가 해 줬음 됐잖아, 콱 씨.

—아버지는 누님만 챙겼대.

이것은 안타까운 이야기였다. 박국제가 스물한 살이라면 말이다. 하지만 놈은 자그마치 마흔두 살이었다.

—근데 저 새끼 왜 맨날 우리 월급을 지가 선심 써서 주는 용돈처럼 말하는 거지? 아까 들었어? 아껴서 니들 쓸 데나 쓰라는 거?

나는 생일 파티만큼 이 점이 몹시 거슬렸다.

—사장님은 진짜로 우리가 하는 일 없이 돈만 타 먹는다고 생각할걸.

—온 날 가는 것도 나쁘진 않을 텐데, 그런 수미쌍관 같은 일은 벌어지지 않겠지?

—오호호, 그런 일이 생기면 더더욱 파티를 해야 하지 않을까? 어찌 됐든 파티는 꼭 해야 돼.

마침내 박국제의 생일 전날이었다. 우리는 퇴근 후 무거운 몸을 질질 끌고 근처 아울렛으로 향했다. 입구에서 제일 가까운 매장에 들어가 넥타이를 고르기 시작했다.

——이거 어때? 거북목이니까 거북이 그려진 거 주자.

——그거 은근 박국제한테 잘 받는 색깔이야. 이런 원색이 더 안 어울릴 텐데.

——그건 의외로 젊어 보일 수도 있어. 박국제 퍼스널 컬러 뭐지?

——똥톤.

——그럼 이걸로 하자. 변비 색깔로.

직원이 선물용이면 좀 더 보셔야 하는 것 아니냐 물었지만 그럴 성의는 없었다.

다음 날엔 모두 한 시간씩 일찍 출근해서 따귀가 터지도록 풍선을 불었다. 레터링 케이크에 어거지로 쓴 축하 카드, 수진 언니가 화원을 하는 이모님께 구해 온 난, 넥타이까지 모아 놓자 그럭저럭 구색이 맞춰지는 것 같았다.

박국제는 평소 11시쯤 출근했는데, 뭘 기대하는 것인지 오늘따라 미적거리고 있었다. 놈이 일상성을 깬 덕분에 일하는 내내 창문 밖 기척에 신경이 쓰였다. 이 악몽은 박국제가 소시지 같은 입술로 초를 불고 신이 나야만 끝나기 때문이었다.

2시가 지나서야 주차장에 자갈 튀는 소리가 들렸다. 박국제는 운전을 무면허같이 해서, 자갈들이 살려 달라 외치는 소리만으로도 놈인 걸 알 수 있었다.

— 왔다!

지구가 보낸 신호를 따라, 우리는 서둘러 케이크 초에 불을 붙이고 문간으로 모였다. 그러나 표면상의 깜짝 파티에서 더 놀란 건 우리들이었다. 박국제가 복도 저편에서부터 휴대폰 카메라와 플래시를 켠 채 히죽대며 다가오고 있었다.

— 저 새끼 뭐 하는 거야?

— 영상을 찍으면서 온다고……?

박국제는 기어코 자기 자신의 파파라치가 되려는 모양이었다. 순간 경악과 함께 우리가 파티로써 목숨을 부지했단 안도가 들었다. 저만큼 기대했는데 아무것도 없었다면, 그래서 박국제가 수치스러움에 감전됐다면……. 우리는 그 5만 배의 수치로 그의 수치를 보상하게 될 것이었다.

우리는 어안이 벙벙한 채로 일단 노래를 불렀다.

— 새앵일 축하…… 합니다아……. 생일 축하아…… 합니다……. 저기, 하는 대표님의…… 생일 축하합니다……. 와—아!

앓는 듯한 축하 노래가 끝나자 박국제가 콩자반 같은 두

눈을 감고 소원을 빌기 시작했다. 대충 들어 보니 올해는 꼭 김샘을 제치게 해 달라는 둥 허무맹랑한 내용이었다. 후우, 박국제가 초를 끌 때 나는 그 호흡을 마시게 될까 봐 숨을 참았다. 박수까지 짝짝짝 치고 선물을 증정하고, 드디어 자리로 가려는데 한껏 들뜬 박국제가 우리를 붙잡았다.

— 어디 가? 같이 케이크 먹어야지!

— 네에…….

우리들은 칙칙한 탕비실에 둘러앉았다. 점심 때 시켜 먹은 마라탕 냄새가 은은하게 남아 케이크 맛을 흐렸다. 표면적으론 아직 파티 중인데도 더 이상은 신남을 가장할 열정이 생기지 않았다. 지구와 내가 크림으로 고사를 지내는 사이, 침묵을 못 견디는 수진 언니가 애써 명랑하게 물었다.

— 대표님! 그런데…… 저희가 파티 준비한 건 어떻게 알고 미리 카메라를 켜셨어요?

— 뭐 뻔하지. 차 대면서 보니까 사무실 불 다 꺼져 있더라. 참나, 대체 날 얼마나 기다린 거야, 너희?

— 엇, 아닌데요. 불 다 켜고 있었는데.

— 아침에는 대놓고 법카 긁은 내역도 오더라. 하여튼 여자애들이 꼼꼼하지를 못해. 물가에 내놓은 것 같아서 원.

그러나 박국제가 의기양양하게 보여 준 문자는 이상했다.

　이게 웬 말인가? 우리가 준비한 건 누가 봐도 커스텀 케이크인데. 케이크 중앙에 지 이름이 대문짝만하게 써진 걸 보고도 왜 이러는 것일까? 게다가 우리는 업무에 필요한 비품조차 개인 구매를 하게 된 지 오래였다. 법인카드로 비품을 사려면 '지 돈 아니라고 남용하는 인간' 취급을 꽤 오래 버텨야 하기 때문이었다. 같은 이유로 박국제 먹일 케이크도 우리들의 돈을 모아 구매한 것이었다. 결정적으로 내역 속 뚜레쥬르는 하남시 소재였다. 그쪽에 살면서 우리 회사 법인카드를 쓰는 사람은 딱 한 명, 박국제의 아버지뿐이었다.

　결국 생일 파티는 박국제 부친의 모닝빵값을 우리가 뒤집어쓴 채로 끝났다. 해명할까 했지만, 해명은 내가 아니라 공금으로 효도하는 놈의 몫이었다. 아버지한테는 법인카드를 주고, 언젠가 썸 타던 상대에겐 편도 700만 원짜리 뉴욕행 퍼스트 클래스 티켓을 끊어 주기도 했다던 박국제. 돌아오는 티켓도 700만 원이니 1400만 원이 훌쩍 쓰인 셈이다.

누리는 건 그들인데 개똥 같은 생일 파티는 왜 우리가 해 줘야 하나…….

박국제가 묻지도 않은 어릴 적 무용담, 연애담, 군대 활약상 등등을 떠벌리는 소리가 멀게만 들렸다. 나는 귀를 닫고 달콤하고 부드러운 생크림을 오래도록 머금고 있었다. 내 생일 때도 항상 비슷한 케이크로 축하를 했는데, 오늘은 맛이 너무 달랐다. 나는 뭉태기로 뽑혀 치워진 초들을 살며시 움켜쥐고 나만의 소원을 다시 빌었다.

신이시여, 이번엔 제발 응답해 줘요. 거기 계신다면 부디, 제가 내년 4월에는 여기 없도록 굽어 살피소서.

8화

/

이 과장 넌 줄 알았어

박국제는 생일 파티를 날름 받아먹은 다음 날부터 3박 4일 휴가를 따로 가졌다. 자기 허락 없이는 일을 못 하게 해놓고 우리가 연락할 때마다 바락바락 성질을 냈다. 잠시 공개로 전환된 'kook25bar' 계정에 따르면 리프레시차 제주도에 놀러가 1년 치 경영 계획을 짰단다. 여드름이나 짤 것이지 별 희한한 짓을 한다 싶었다. 어쨌든 놈이 복귀하는 날, 회사 게시판에는 궁서체로 인쇄된 공고문이 나붙었다.

국제마인드뷰티콘텐츠그룹 호칭 제도 변경

* Susan ⇨ 이수진 과장

* Earth ⇨ 오지구 대리

* DJ ⇨ 김다정 주임

신입 member 채용에 앞서, 조직문화를 바로잡고

> 결속을 공고히 하고자 호칭 제도를 변경함.
> 전 member는 업무시간에 사적 친분을 과시하는
> 일이 없도록 주의할 것.

박국제의 독재 아래 있으나 마나였던 닉네임 제도가 전면 폐기된 것이었다. 우리는 큰 변화가 논의 없이 행해진 것보다, 제주도까지 가서 이끌어 낸 혁신이 고작 이거라는 데에 충격을 받았다. 무언갈 바꾸는 것도 혁신, 바꾸기 전으로 돌아가는 것도 혁신이라 아무리 혁신을 해도 제자리일 뿐이었다.

직위 체계로 전환됨과 동시에 진짜로 새 디자이너가 들어왔다. 늘 그렇듯 티없이 맑고 순해 보이는 이미지의 어린 여자 사원이었다. 박국제는 '남자애들은 멍청하다'는 이유로 남자 사원을 채용하지 않았지만 사실 놈은 청일점이고 싶은 차별주의자에 불과했다. 쥐 잡듯이 잡으려고 만만한 대상만을 뽑으면서, 괜히 남성들을 싸잡아 상황을 모면하는 것이었다. 여혐을 가리기 위해 남혐을 하다니. 그러니까 곁에 사람이 하나도 없지 싶었다.

새로운 디자이너의 이름은 조혜은이었다. 한두 마디만 나눠도 순두부, 찹쌀떡처럼 무해한 것만이 연상되는 스물세

살 대졸자. 혜은 씨는 어떤 회사에도 속해 본 적 없어 절박함과 첫 회사에 대한 기대감이 풍부했다. 우리는 혜은 씨를 환영했지만, 그 이상 연민했다. 가진 기대와 가지지 않은 기대가 전부 이곳에서 박살 날 것임을 알아서였다.

첫날은 겉보기에 참 평화로운 날이었다. 나는 혜은 씨의 자리를 세팅하고, 회사 계정 정보 및 거래처 전화번호 같은 걸 넘겨주었다. 디자이너니까 어도비 포토샵이나 일러스트도 깔아 주었다. 외장하드 내 크랙 파일을 켜면서, 혜은 씨가 정품 라이선스 여부를 물어 올까 봐 몹시 쪼들렸다. 왜 크랙 툴을 쓰냐 질문하면 난 솔직한 대답을 하게 될 것이었다.

'저희 대표님이 타인의 저작물에 돈을 내지 않을 때 희열을 느껴서, 전 직원 모두 해적판을 써야 한답니다.'

다행히 그는 자신만의 책상과 필기구와 포스트잇, 노트, 연필꽂이 같은 것에 감격하는 중인 듯했다. 탕비실에 간식이 많다는 사실에도 기뻐했다. 초를 치고 싶지 않아서 우리가 매달 2만 원씩 모아 구비해 놓는 것이라고는 말하지 않았다.

혜은 씨는 출근 첫날 치고는 방대한, 그러나 앞으로 맡아 줘야 할 양에 비하면 간단한 업무를 소화하고 퇴근했다. 예의 바른 신입사원들이 으레 그렇듯, 모든 구성원들에게 인사를 한 후였다.

그런데 다음 날, 박국제는 9시부터 출동해 게거품을 물었다. 너무너무 화를 내길래 드디어 광견병이라도 걸렸나 싶었다. 훌륭하지 못한 대표가 영업시간 전부터 눈깔이 돌아 있으면, 사실은 지 개인적인 일 때문일 확률이 컸다. 박국제는 나쁜 기분을 합리화하기 위해 이제부터 먹잇감을 찾을 예정이었다. 현재 사무실의 최약체는 누가 봐도 혜은 씨였다.

박국제는 방음이 제대로 안 되는 회의실로 전 직원을 소집했다. 그러나 혜은 씨가 앉으려 하자 나가라며 노발대발했다. 의자에 앉으려던 것뿐인데 의자를 던진 사람 취급했다. 혜은 씨가 민망해져서 우리들의 기분도 나빠졌다. 우리는 아직도 착했기 때문에, 누군가 푸대접을 받을 때마다 함께 모멸감을 느꼈다.

불쾌함과 불온함에 질식할 것 같을 때, 박국제가 뜬금없이 아무나 들이받기 시작했다.

── 야, 이수진 과장. 너 진짜 이따위로 할 거야?

── 저요?

── 저어어요? 저 소리가 나와? 야, 오지구 대리. 넌 알지, 내가 왜 이러는지.

── ……?

── 김다정이! 너까지 몰라?

'이 새끼가 왜 나한테만 주임 소리를 안 붙이지?'

── 하, 대답도 안 한다?

길길이 뛰는 걸 보니 한두 마디로 끝날 헛소리 같지가 않았다. 불길해진 나는 주목을 받지 않도록 조심하면서 살그머니 주머니 속 휴대폰을 꺼내 테이블에 올렸다.

— 야, 대표님이 여얼심히 일하느라 모니터에 집중하고 계시면, 그리고 지가 출근 첫날이면, 대표실에 들어와서 '저 누구누구입니다. 이만 퇴근해 봐도 될까요?' 말하고 집에 가는 게 상식 아니냐?

설마 혜은 씨가 직원들한테만 인사하고, 대표실에 처박힌 박국제는 알현하지 않은 것인가? 꼰대 오브 꼰대인 박국제라면 그 정도 일로 이만큼 화내는 것도 놀랍지 않았다. 수진 언니도 같은 생각인지 조심스러운 질문을 던졌다.

— 혜은 씨가 어제 대표님께 퇴근 허락을 받지 않았나요?

— 아니! 걔는 말했고! 내가 가라고 했어!

— ?

— 난! 이! 과! 장! 인 줄 알았으니까아악!

이때 회의실 안의 사람들은 모두 얼간이 같은 표정을 지었다. 자기가 지금 뭘 들은 거냐는 표정, 너도 설마 나와 같이 이해했느냐는 표정으로 서로를 두리번거렸다.

— 그게 무슨…….

— 너무 열심히 일하느라! 모니터만 보면서 대답했는데! 누가 들어와서 '이만 가 보겠습니다.' 하길래! 당연히 이 과장인 줄 알았다고오오오!

박국제는 원래도 고구마 꿀꿀이 같은 목소리인데, 화를 내면 콧물을 들이마신 듯한 발성이 두드러졌다. 귀청을 위해서라도 놈의 화부터 가라앉힐 필요가 있었다.

— 대체 무슨 말씀을 하시는 겁니까?

지구가 물었다.

— 야! 오지구, 넌 유학까지 갔다 온 머리로 생각이 안 되냐? 어디 신입 주제에 대표도 퇴근을 안 했는데 '이만 가 보겠습니다.' 이딴 걸 인사라고 하냐고. '이만 들어가 보아도 되겠습니까? 혹시 제게 더 시키실 일은 없으십니까?' 공손히 묻는 게 기본이잖아아아!

— …….

— 시건방을 떨어도 유분수지, 이만 가 보겠습니다? 참 나, 너무 당당해서 난 이 과장인 줄 알았다고? 어?

— 근데 혜은 씨가 그렇게 말한 건 이미 퇴근 시간에서 40분이나 지난 후인 데다가, 자기 할 일도 다 했고, 또……저희가 퇴근해도 된다고 해서인데요.

— 김다정이 니가 대표냐? 니가 여기 대가리야?

— ……아닌데요.

편들수록 박국제를 자극한다는 걸 알지만, 회의실 밖에 오도카니 앉아 있을 혜은 씨가 안쓰러웠다. 이런 메시지도 섞여 있었다.

'혜은 씨. 우리는 절대 이 미친놈이랑 똑같은 인간들이

아니에요⋯⋯. 제발 오해하지 말아 줘⋯⋯.'

그러거나 말거나 박국제는 이성을 잃어 갔다.

— 이 과장, 너 신입 교육 똑바로 못 시켜? 내가 이러자고 너 과장 달아 줬냐?

— ⋯⋯.

— 오 대리, 너도 똑같아. 신입이 분간을 못하면 너라도 예절 교육을 시켜야 할 것 아니야?

— 아, 예⋯⋯.

지금 이곳에선 한국식 '수평적 조직문화'의 장례식이 열리고 있었다.

— 난 어제 깜짝 놀랐어? 난 이 과장 넌 줄 알았어.

— '여어~ 난 이만 가 볼게~' 하고 튀길래 이 과장 넌 줄 알았다고.

— 하, 참나 원. 말세야 말세. 난 이 과장 넌 줄 알았다니까? 신입인 줄은 상상도 못 했어?

— 나아안! 이 과자아앙! 넌! 줄! 알! 았! 어!

'이 과장'이라는 호칭을 너무 많이 들어서 음성임에도 게슈탈트 붕괴 현상이 일어나는 것 같았다. 게슈탈트가 아니어도 내 안의 뭔가는 붕괴했다. 나는 내 동생과 동갑인 혜은 씨가 몰상식한 일을 당하고 있음에도 도움을 주지 못해 부끄러웠다. 박국제가 초래한 부끄러움이 내게 스며드는 게 싫었지만, 낯 뜨겁고 부끄러운 마음을 누를 길이 없었다.

결국 우리는 신입 교육 단단히 시키겠다는 맹세를 삥 뜯기듯 내어주고서야 풀려날 수 있었다. 깽판은 잘 쳐도 깽판 후의 빙하 시대는 못 견디는 박국제는 스케줄이 있는 척 사무실을 박차고 나가 버렸다. 뭘 잘했다고 씨근대는 기색을 하나도 못 감춘 채였다.

우리들은 혜은 씨 근처로 와락 몰려들었다. 혜은 씨는 아까부터 서럽게 눈물을 흘리고 있었다.

— 죄송해요……. 괜히 저 때문에. 정말 몰랐어요. 일부러 그런 것도 아니구요…….

— 오우, 혜은 씨, 제발 사과하지 말아요. 혜은 씨도 알잖아요. 말도 안 되는 생트집이라는 걸…….

우리는 부둥켜안고 싶은 기분이었지만, 아직 그만큼 친한 것은 아니라 어쩔 줄 모르는 난감함만을 나눠 가졌다. 집중포화를 당한 수진 언니는 30분 새 30년은 늙어 있었다. 수진 언니가 우리 중 제일 연장자에 재직 기간도 길어, 얼결에 군기 반장 역할을 떠안은 거였다. 하지만 그때 우리 중 누구도 박국제가 대체 '왜' 그랬는지 몰랐다. 말 같지도 않은 '이 과장 넌 줄 알았어' 말고, 심층의 심층의 심층적 동기 말이다.

해괴했던 '이 과장 넌 줄 알았어' 사건은 후에 결국 조롱거리가 되었다. 가장 큰 피해자는 역시 이 과장이었다.

우리는 화장실에서 마주칠 때마다, 탕비실에 들어갔는데 이미 누가 있을 때마다, 서로 깜짝 놀래키는 장난을 칠 때마다 "이 과장 넌 줄 알았어!" 하면서 배를 잡고 웃었다. 누군가 모르는 연예인 사진을 보여 주어도 "누구야? 난 이 과장인 줄 알았어." 농담을 했다. 나중에는 실제 이 과장이 지나가기만 해도 포복절도였다. "뭐야 이 과장, 난 이 과장 넌 줄 알았어." 이 과장은 제발 하지 말아 달라 부탁했지만, 그러면서 자기도 눈꼬리에 눈물을 매달고 웃었다.

놀리기도 지쳐 이 과장 놀이가 사그라들 때쯤, 박국제는 이전 공지 사항을 떼고 이상한 폐휴지를 다시 붙여 놓았다.

국제마인드뷰티콘텐츠그룹 출퇴근 규칙

(1) 출근하면 즉시 대표에게 출근 시간을 보고하고(분 단위),
상급자에게 개별 아침 인사를 건네도록 한다.
(2) 퇴근 시에는 자기보다 직급이 높은 사람들을 전부 찾아가
"더 시키실 일은 없으십니까? 이만 퇴근해 봐도 되겠습니까?"라
묻고 업무 일지를 제출한다.

이 터무니없는 출퇴근 규칙은 또 한바탕 비웃음을 샀다.

우리는 이게 재미있어서 어느 정도 지켰다. 자기가 만든 규칙에 적응하지 못하는 건 오히려 박국제였다.

퇴근 허락을 받을 겸 업무 일지와 보고서를 싸 들고 대표실에 갔을 때였다. 박국제는 10분 후 자기 방으로 오라고 한 주제에 그새 깜빡한 모양이었다. 노크 후 문을 여니 안마 의자에 검거된 듯 꽉 껴 있는 박국제가 보였다.

안마 의자가 인간을 쥐어짜면 잘생긴 사람도 조금은 추해지기 마련이다. 박국제처럼 이목구비의 자유도가 지나친 사람은 더더욱 망측한 꼬라지가 되었다.

위—잉, 위—잉, 지이이잉…….

박국제와 나는 서로를 마주 본 채 얼어붙었다. 얼어붙은 와중에도 안마 의자는 성실하게 작동 중이었다. 놈은 굴욕감을 느끼는지, 고춧가루 뿌린 짜장 같은 안색으로 나가라며 발악을 했다. 하지만 이것 또한 함정일지 몰랐다. 가랄 때 갔다가 또 무슨 봉변이 일어날지 모르는 일이었다.

나는 입으로 장풍을 쏘는 사람처럼 큰 소리로 외쳤다.

— 더 시키실 일은 없으십니까? 이만 퇴근해 봐도 되겠습니까?

— 가!

— 나가란 말씀이십니까? 집에 가란 말씀이십니까?

— 집에 가아아!

— 다시 한번 확실히 여쭙겠습니다! 혹시 제가 이 과장

으로 보이는 건 아니시겠죠!

　　— 김다정이 너 돌았어? 당장 나가란 말이얏!

　　— 예! 좋은 시간 되십시오!

　　위잉, 위잉—. 위잉, 위이잉—.

　　나는 느리게 몸을 돌리며 안마 의자 LCD 화면 속 시간 표시를 캐치했다. 마사지는 앞으로 23분이나 계속될 예정이었다. 자리로 돌아오니 혜은 씨가 쭈뼛쭈뼛 나를 기다리고 있었다.

　　— 주임님, 퇴근 보고 드리려고요……! 대표님 소리 지르시는 거 같던데 혹시 오늘도 화나셨나요?

　　— 아, 별거 아니에요, 고생 많으셨어요! 대표님께 인사하고 가시면 될 것 같아요. 근데 혼자 가지 마시고 과장님, 대리님이랑 같이 가세요. 아셨죠?

　　— 네? 네!

　　나는 수진 언니와 지구, 혜은 씨가 사이좋게 대표실 문을 여는 것까지 확인하고 냅다 튀었다. 불을 밝혀 놔도 어두침침한 복도에 "나가아아악!" 하는 소리가 왕왕 울려 퍼졌다. 그날 직원 단톡방이 늦도록 "ㅋㅋㅋㅋㅋㅋㅋ"로 도배된 것은 말할 것도 없었다.

9화

/

힙합이 된 '이 과장 넌 줄 알았어'

'이 과장 넌 줄 알았어' 사건은 혜은 씨와 이 과장 정신 건강에 심각한 상흔을 남겼다. 특히 이수진 과장은 잡친 기분을 쉬이 복구하지 못했다. 기분을 '망친' 거면 술 한 번 퍼붓는 정도로 풀리겠지만, '잡친' 것은 달랐다. 수진 언니는 온화하고 우아한 성품을 지닌 사람이었는데, 이번에는 박국제 면상을 호떡 팬에 지지고 싶은 욕구가 든다고 했다.

혜은 씨의 쪼그라든 어깨도 좀처럼 펴지지 못했다. 단순한 부름에도 깜짝깜짝 놀랐고, 일과 시간 내내 주눅이 잔뜩 든 티가 났다. 오로지 박국제만이 그 난장판을 내려다보며 만족했다. 이런 꼬라지가 그토록 부르짖는 '체계'인 듯싶었다.

그러나 박국제가 이유 없이 우리를 버리는 것과 별개로, 나 역시 박국제를 버리던 참이었다. 나로 말하자면 어린 시절 꿈이 래퍼였던 사람이다. 내 비록 음치, 박치, 몸치라는 3종 장애물에 부딪혀 시시한 회사원이 되었다만, 힙합이 나를 버렸을 뿐 내가 힙합을 버린 것은 아니었다.

나는 이 과장 사건 전부터 박국제의 후진 리더십 때문에
스트레스를 받았다. 최악은 하루에도 몇 번씩 이랬다 저랬
다 지시를 번복하는 것이었다. 놈은 직원들의 손이 노는 꼴
을 1초도 보지 못해서, 우리에게 아무 일이나 닥치는 대로
시켜 댔다. 가끔은 온당한 결과물을 가져다줘도 성질을 냈
고, 공들여 설명하면 말을 끊었다. 그리고 짭짭짭 혀를 차며
가련한 주니어들을 비웃었다.

　　— 야 김다정이, 너는 아직도오! 니가 뭐하는 사람인지
몰라? 지금 한가하게 이런 거 하고 놀 때냐?

　　— 그치만 아까 이 건부터 처리해 달라 하셨⋯⋯.

　　— 내가? 언제? 내가 언제 그랬냐고?

　　— 오전 회의 때 분명히 말씀을⋯⋯.

　　— 우기는 것 좀 봐. 담부턴 아예 녹음이라도 하지 그
러냐.

애초에 생각하고 시킨 일이 아니니, 결과물을 가져갈 때
쯤엔 다 잊는 것이었다. 게다가 놈은 핀잔 주는 행위에 쾌감
을 느끼는 스타일이었다. 인터넷 괴담 속 '봉다리 아저씨' 같
은 캐릭터랄까? 편의점 아르바이트생이 "봉투 드릴까요?"
물으면 "그럼 이걸 들고 가리?" 하는 사람 말이다.

마침내 뚜껑이 열린 나는 그의 비아냥 그대로 회의를 녹
음하기 시작했다. "내가 언제?"에 대응하기 위해 니가 언제
그랬는지 증거를 남기는 작업이었다. 회의실 입장 전 녹음

기능을 켜는 게 습관이었으므로, '이 과장 넌 줄 알았어' 사
태 또한 내 휴대폰 속에 온전히 보존되어 있었다.

[어디 신입 주제에 사장님도 퇴근을 안 했는데 저 가 볼게요? 저
가 아 보올게요? 난 정말 깜짝 놀랐어. 난 이 과장 넌 줄 알았어. 들었지,
이 과장, 왕언니답게 애들을, 엉? 이 과장 네가 조지란 말이야. 체계를
잡으라고. 엉? 이 과장, 왜 대답이 없어?]

처음엔 그 파일을 지울 생각이었다.

1초도 빠짐없이 모든 부분이 끔찍해서 갖고 있다간 휴
대폰이 고장 나지 않을까 걱정되는 것이었다. 그런데 문득
이 파일로 수진 언니와 혜은 씨의 수모를 반전시킬 수도 있
겠다는 생각이 들었다. 쓰레기를 가공하면 멋진 리사이클링
제품이 되는 것처럼 쓰레기 같은 지껄임에서도 뭔가 좋은 것
을 추출할 수 있겠단 발상이었다.
나는 내 자리에서 몰래 끼고 있던 에어팟을 팽개치며 소
리 질렀다.
── 힙합!
── ?
── 힙합을 만들 거야!
── …….

사무실에서 박국제 다음으로 헛소리를 많이 하는 게
나였으므로, 아무도 신경 쓰지 않았다. 하지만 나는 완벽
한 무응답에서 완벽한 힙합이 탄생한다고 믿었다. 힙합을
전혀 모르니 아무렇게나 믿으면 그게 힙합이었다. 나는 일
단 무료 음성 편집 프로그램을 다운로드하여 박국제의 고
약한 목소리를 문장 단위로 쪼개기 시작했다. 내 컴퓨터 속
'MC. DJ' 폴더에는 점점 괴상한 제목의 2, 3초짜리 클립들
이 쌓여 갔다.

이_과장_넌줄알았어.mp3

난_어제_깜짝_놀랐어.mp3

일_이따위로_할거야.mp3

니가_조져_이과장.mp3

체계를_팍팍_잡으라고.mp3

들었지_이과장.mp3

너알지_이과장.mp3

빡빡빡빡.mp3

딱딱딱딱.mp3

이까짓 게 뭐라고 너무나도 즐거웠다. 나중에 지구 말을
들어 보니 내가 자꾸 히끅히끅거리며 누가 봐도 딴 짓 하는
티를 냈단다. 그러나 사무실에서 박국제보다 히죽거리는 일

이 잦은 사람이 바로 나였으므로 역시 아무도 신경 쓰지 않았다. 마침 박국제마저 자리를 비운 날이어서, 나는 조각낸 목소리 파일들을 갖고 도망치듯 칼퇴근했다.

집에 가선 저작권이 없는 비트 음원과 어도비 프리미어를 다운받아 본격적인 믹싱에 들어갔다. 사실 프리미어는 영상 툴이었다. 하지만 숟가락으로도 라면을 먹을 순 있는 법이니까 상관없었다. 내가 하려는 일이 가능하다면 그것은 음악 툴이었다.

쿵작! 쿵작! 쿠쿵짝! 쿵! 쿵짝……

최고치의 볼륨으로 비트 파일을 틀자, 손바닥만 한 내 원룸도 금세 밀리언 달러 베이비 프로듀서의 작업실이 되었다. 나는 리듬의 강세와 갖가지 악기의 등장 시점, 마디와 마디 사이 운율 따위를 전혀 알지 못해서 그냥 아무 데나 박국제의 육성을 얹기 시작했다. 비트의 지배자가 될 순 없었지만 비트 위의 어릿광대 정도는 능히 될 수 있었다.

♬ 뿜! 빠라라랑! 난 이 과장 넌 줄 알았어

　 따ㄱ비! 뚜르라리! 난 어제 깜짝 놀랐어?

뚜왑! 빠로라룰~♪ 난, 난, 난, 난 난!

(♪hip!) 이 과장 넌 줄 알았어!

(hop!) 들었지, 이 과장?

난!

난!

난!

난!

이, 과, 장, 년, 줄, 알, 았, 어!♬

그 짓을 하는 몇 시간 동안 난 1년 치의 박장대소를 탕진했다. 아무 약도 먹지 않았지만, 도핑 테스트를 한다면 구속되고도 남을 만한 상태였다. 솔직히 내가 왜 그랬는지, 어떻게 그럴 수 있었는지 모르겠다. 하지만 발동이 걸린 이상 그만둘 방법이 없었다.

어쩌면 난 박국제가 날 진짜 미치게 하기 전에 선수 쳐 정신을 놓아 버렸는지도 모른다. 나는 늘 정의가 놈을 응징해 주길 바랐지만 그런 일은 일어나지 않았다. 박국제가 자본주의의 불공평한 분배 체계, 낡아 빠진 유교사상의 비호를 두루 받았기 때문이다. 이런 불합리에 분노하는 나는 이미 래퍼의 자격을 충족하는 사람이었다.

저항은 래퍼 활동에만 국한되지 않았다. 나는 이미 척박한 회사 생활을 견디기 위해 여러 가지 해학을 시도하고 있었다. 만화도 그렸지만 주로 소설을 썼다. 아무래도 전공이 문학이라 글이 가장 수월했던 것이다. 사실 내가 쓰는 것들은 소설이라 부르기도 민망한 텍스트였다. 모든 작품이 그어떤 개연성도 없이, 박국제의 비극적 최후로만 치달았기 때

문이었다. 내 꽁트 속에서 박국제는 안마 의자에 껴서 죽거
나 리코더를 불다 청산가리를 먹고 죽었다. 앨리스 세계관
속에서 하트 여왕의 심기를 거슬러 사형당하거나, 피라미드
도굴꾼으로 등장해 파라오의 저주를 받고 죽기도 했다.

그날 나는 밤을 꼴딱 샜는데, 하나도 졸리지 않고 오히
려 새벽녘이 지루했다. 기분이 불꽃놀이 축제처럼 사이키델
릭했다. 일등으로 출근한 나는 아침부터 수선을 떨며 사람
들을 불러 모았다.

—다정, 너 무서워. 또 광년이 모드야.

—조용히 하고 이거나 들어 봐.

나는 재생 버튼을 누르고 스마트폰 볼륨 업 키를 연타했
다. 조용한 탕비실에 어제 한 땀 한 땀 이어 붙인 비트가 울
려 퍼지기 시작했다.

[뿜! 빠라라랑! 난 이 과장 넌 줄 알았어! ㄸㅜㅂ! 뚜르라리! 난 어
제 깜짝 놀랐어······? I say 리? You say 과장? 리! 과장! 리! 과장!
······빰빰빰빰~~]

그때, 난 일개 회사원이 속한 조직에 끼칠 수 있는 최대
의 영향력을 보았다. 사람들의 '?'가 마침내 '!'로 전환되는
찰나 물소 군단의 대이동 같은 폭소가 터져 나온 것이었다.

—우학학학학!

— 깔깔깔깔깔!

— 꺄하아아학학학!

음악은 글자 문명 이전, 인류의 심장을 같은 파동으로 공명시킨 최초의 언어라고 했던가? 아무도 그런 말은 안 했을 것이다. 내가 방금 지어 냈으니까. 어쨌든 혹시 걸릴까 봐 불어식 제목을 붙인 '뤼 귀아쟝(feat. 넌 줄 알았어)'의 인기는 폭발적이었다. 사람들은 앞 다투어 내게 음원을 받아 갔다. 그 후로도 우리는 박국제가 어거지를 쓸 때마다 초연히 견딘 후, 각자 자리로 돌아와 '뤼 귀아쟝(feat. 넌 줄 알았어)' 음원 파일을 감상했다. 아름답고 예리한 음악들이 늘 그렇듯, 나의 프로듀서 데뷔곡은 오래도록 모진 사회생활에 위로가 되어 주었다.

훗날 지원에게 들려주었을 땐 좋은 소리를 듣지 못했다. 지원은 "다정아, 너 좀 사회 부적응자 같은 거 알지?"라면서 풀타임 3분이 지나기도 전에 노래를 꺼 버렸다.

— 아무리 그래도 상사고 어른인데……. 결국 네 얼굴에 침뱉기야.

— 어떡하겠어? 이렇게라도 안 하면 살 수가 없는데. 필요하다면 내 얼굴에 침 좀 뱉을 줄도 알아야 해.

태연한 척했지만 실은 마음이 스산했다. 내가 스터디 카페를 모르는 만큼, 지원도 회사라는 세계를 모른다는 생각이 들었다. 고등학생 땐 분 단위 일상을 공유하던 우리였는데 이젠 100마디 얘기를 나눠도 각자의 일상이 서로에게 스며들지 못했다.

문득 자길 감정 쓰레기통으로 보냐던 지원의 항의가 떠올랐다. 내가 그 애를 감정 쓰레기통으로 보는 것일까? 그애가 내 감정들을 쓰레기 취급하는 것일까?

나는 '뤼 귀아쟝(feat. 넌 줄 알았어)'을 재생한 후 침대에 드러누웠다. 온전한 내 편 같은 건 환상일지도 모르겠어. 나 스스로 나의 위로가 되어야 해, 생각하다 스르륵 잠이 들었다.

10화

/

콜센터 블랙리스트가 되다

나는 언제나 콜센터 직원들에게 존경과 애정을 보내는 사람이다. CS 파트로 입사한 건 아니지만 우리처럼 작은 회사에서는 누구나 CS 업무까지 맡아야 했다. 전화벨이 울리면 전화기에서 제일 가까운 사람이 받아 그때그때 응대를 도맡는 식이었다. 고객 전화가 없는 날에는? 대표라는 끈질긴 진상 고객을 상대했다.

한 명의 진상도 힘든데 상담사들은 어떻게 전국구 진상들을 상대하는 것일까……. 의문과 경외를 혼자만 갖고 있을 때였다. 말이 씨가 된 건지, 나는 곧 어떤 기업 고객 센터의 개진상으로 등극하게 된다. 모조리 박국제 탓이었다.

*

'팡팡'은 코로나 시국이 도래한 후, 비대면 강연 서비스를 통해 급부상한 플랫폼이었다. 내용은 똥이어도 강연 콘텐츠를 만드는 우리 회사도 팡팡을 통해 재미를 좀 보고 있었다. 놀랍게도 우리 콘텐츠는 항상 팡팡 내 TOP 30위권 랭크를 유지했다. 팡팡의 주 연령대가 40~50대로 높은 편인데다가, 코로나 전 팡팡이 텅 비었던 시절부터 꾸준히 업로드를 한 덕분이었다.

팡팡과 관련된 사안에서 박국제는 늘 꼴사나울 만큼 유명인인 척했다. 팡팡 내 다른 강사들이 자신의 인기를 질투한다 생각했고, 공중파 방송 출연이 빈번한 메가 셀럽들이 본인을 음해할까 전전긍긍했으며, 노동권 네거티브가 터질 때마다 팡팡 내 게시판에 시국선언 비슷한 글을 올렸다. 자기가 전태일 열사의 환생이라도 된다는 듯이, 그딴 입장 표명이 고결한 임무라도 된다는 듯이……

하지만 박국제는 노동자를 핍박하는 데 앞장서는, 전형적인 스타트업형 꼰대였다. 보통 기업 평가 애플리케이션에서 1.0~2.0점으로 표시되는 회사를 나쁜 곳으로 치지만 최악은 우리처럼 아예 나오지도 않는 곳이었다. 박국제의 인지도는 팬카페 속 광신도들에게게만 유효했다. 강연도 좋게 보려 애쓰는 사람들에게만 좋았다. 아무리 날고 기어 봤자 박국제의 성역은 우물 안이었다.

캡틴 박은 본인을 셀럽이라 착각하는 모지리답게 매일 댓글창만 봤다. 팡팡 측의 규제를 받는 댓글창은 항상 깨끗했고 덕분에 칭찬 일색이었다. 하나둘 읽다 보면 바깥 세상과 우물 안의 공기가 너무 달라 숨이 막힐 정도였다.

그러던 어느 날이었다. 박국제가 또 오작동하는 사이렌처럼 고함을 치기 시작했다.

— 김다정이! 위기 관리 이따위로밖에 못 해? 어? 그러라고 내가 너 월급 주는 줄 아냐고!

위기가 없는데 무슨 관리를 한단 말인가? 늘 그렇듯 억울했지만 일단은 눌러 참았다. 왜 행패냐는 질문을 정중하게 돌려서 했다. 그러자 박국제가 최신형 맥북 속 화면을 가리키면서, '악플러의 침공'이 시작됐다는 것이었다.

— 혹시…… 정말 혹시 여기 샘샘도사 님 말씀이세요? 이건 악플 아니고 피드백인 것 같은데…….

↳ **샘샘도사 (2021.00.00 21:25)**
최근 「수면 닥터 제임스의 슬리핑 뷰티」를 수강한
1인입니다. 그런데 생산성 때문에 오전 4~5시 기상을
추천하는 건 위험해 보이네요. 말씀하신 대로 나폴레옹이나
에디슨은 서너 시간밖에 자지 않는 숏 슬리퍼로 유명하지만,
이는 아주 드문 케이스고 일반화 할 것이 아닙니다.
잘 자는 법을 알려 주셔야지 자지 말라고 하면 어떡합니까?

내가 샘샘도사의 역성을 드는 것 같은지 박국제의 역정

이 폭발하기 시작했다.

— 얼씨구? 이것들이 쌍으로 날 가르치려 드네. 야, 이 새끼 이거 볼 것도 없어. 김샘 그 자식 꼬붕이야. 당장 팡팡에 전화해서 지우라 그래. 고소하기 전에!

박국제는 김샘 생각만 하는데 김샘은 박국제를 알지도 못한다는 게, 늘 박국제를 열받게 하는 것 같았다. 내가 볼 때 김샘과 샘샘도사는 무관해 보였지만, 박국제가 나까지 김샘의 첩자라 믿기 전에 빨리 이 사태를 해결해야 했다. 나는 내선용 전화기로 즉시 '팡팡'에 전화를 걸었다.

〔네, 팡팡 터지는 즐거움, 팡팡입니다. 무엇을 도와드릴까요?〕

— 예 안녕하세요…… 저는 '국제마인드뷰티콘텐츠그룹'이라는 채널의 말단직원인데요.

〔네! 말씀하세요.〕

— 다름이 아니오라…… 저희 대표님께서 최근 강연에 악플이 달렸다고, 그것 좀 지워 주십사…… 부탁을 드린다네요…….

멀쩡한 사람한테 생떼를 쓰려니 몸이 배배 꼬이면서 말이 늘어졌다. 수화기 너머로 타닥타닥, 팡팡 직원이 우리 채널 조회하는 소리가 들렸다.

〔혹시 어떤 댓글을 말씀하시는 걸까요? 제가 볼 때는 악플이라 불릴 만한 것이 없는데요.〕

── 그……'샘샘도사'라는 분이 쓰신……

〔잠시만요.〕

타닥타닥.

〔고객님, 저희 내부에 악플을 정의하는 규정이 몇 가지 있는데요. 이 정도는 악플로 처리할 수 없어서 삭제가 어렵습니다. 그리고 댓글은 계정주 권한으로도 삭제 가능하세요.〕

── 네에?!

〔아, 모르고 계셨군요. 채널 마스터 계정으로 로그인하시면 댓글 옆에 'X' 버튼이 뜰 거예요.〕

── 헉, 감사합니다.

이상하게도 팡팡 채널의 ID/PW는 오직 박국제만이 아는 기밀 중의 기밀이었다. 댓글마다 삭제 버튼이 붙는 걸 알 텐데 왜 이런 뻘짓을 시켰나 싶었지만, 그래도 해결이었다. 하지만 직장인이 깨끗한 심정을 느끼면 그게 바로 당일의 사망 플래그인 법이었다. 나는 지구 주변에서 화풀이 중인 박국제에게 다가갔다.

── 대표님! 팡팡 측 내부 규정에도 샘샘도사 정도는 악플이 아니라네요. 그래서 직접 못 지워 준다고…… 채널 마스터 계정으로 로그인해서 지우면 된다던데, 직접 삭제하시거나 저한테 계정 정보 주시면 될 것 같아요.

그러나 박국제는 이 간결한 해결법을 거절했다.

── 아니? 난 절대 그렇게 못 해. 야, 너 다시 전화해. 지금 즉시 샘샘도사 댓글 다 지우라고 말해!

── 예……?

── 넌 뭔데 자꾸 말대답이야? 너 팡팡 직원이야, 여기 직원이야?

── 그냥 다시 전화해 볼게요…….

박국제가 눈깔에 불을 켜고 지켜보았기에 진짜로 전화를 거는 수밖에 없었다. 다행인지 불행인지 같은 상담원에게 콜이 닿았다.

〔네, 팡팡 터지는 즐거움 팡팡입니다.〕

── 아까 그 마인드뷰티콘텐츠그룹 말단직원인데요……정말 너무 죄송한데 대표님이 꼭 팡팡 측에서 삭제해 달라요청하시네요…….

몇 번의 거절과 침묵과 빌빌거림이 오간 후, 그 댓글을 '팡팡 손으로' 지우는 데 성공했다. 넝마주이가 된 채 우리 채널을 여니, 과연 샘샘도사의 댓글이 지워져 있었다.

↳ **샘샘도사 (2021.00.00 21:25)**
   [해당 댓글은 관리자에 의해 규제되었습니다.]

하지만 우리는 샘샘도사의 댓글을 지우지 말았어야 했다. 차라리 유령 계정을 100개 정도 생성해 어뷰징 댓글을 달아서 샘샘도사를 밀어 내는 데 그쳐야 했다. 자기 댓글이 삭제됐다는 걸 안 샘샘도사가 득달같이 우리를 추격했기 때문이었다.

↳ **샘샘도사 (2021.00.00 8:34)** ^{new}
내가 뭘 어쨌다고 글을 삭제합니까? 팡팡은 유저에 대한
최소한의 예의도 없습니까? 문의해 보니 채널 주인 측에서
길길이 뛰면서 삭제 요청했다는데, 수준 알 만합니다.
해 달라고 해 주는 팡팡이나 고작 그런 의견 하나
받아들이지 못하는 제임스나…… 여기서 선생 소리
들으니 본인이 뭐라도 되는 줄 아나 본데, 정신 차리세요.

이후론 진짜로…… 난리 법석이었다. 메뚜기 떼마냥 몰려온 박국제의 팬카페 회원들이 샘샘도사를 맹공격하기 시작했다. '제러뷰', '우리쌤J', 'JAMESGOOD' '임스이쁘'…… 중립인 척하는 이들도 있었지만, 하나같이 글러 처먹은 닉네임들이라 티가 났다. 알고 보니 이 사태를 사주한 것도 박국제였다. 팬카페 오픈 채팅방에서 교묘하게 회원들을 선동하며, 댓글창 좌표를 찍은 것이었다.

'쓰레기 같은 새끼……. 아니, 회원들도 시킨다고 그걸 하고 있어? 히에에엑, 'H제임스H' 이 인간은 뭐지? 나이깨나 먹은 것 같은데 입에 완전 걸레를 물었네.'

박국제는 박국제대로 샘샘도사의 재등장에 흥분을 멈

추지 못하는 중이었다. 먼젓번 댓글 삭제의 주범이 우리 측임을 박제한 댓글 때문에 자존심이 와장창 무너지는 듯했다. 나는 박국제의 주둥이로 손을 넣어 자존심을 뽑아내 바닥에 패대기치고 싶었다. 그까짓 자존심 놀음 때문에, 나는 또 팡팡에 전화해 비상식적 개입을 빌어야 하는 운명이 된 것이었다.

샘샘도사 측에서도 전쟁의 서막을 알려 왔다. 그가 대댓글을 단 박국제 팬들을 하나하나 조롱해 채널이 그야말로 아수라장이었다. 박국제는 샘샘도사가 김샘의 사주를 받고 자기를 파멸시키러 온 첩자라고 굳게 믿기 시작했다. 분기탱천한 박국제는 나를 불러, '팡팡에 샘샘도사를 강제 탈퇴시키고, 본인한테 정중히 사과까지 하게 하라'라는 전언을 남겼다. 나는 다 때려치우고 나의 퇴사 소식이나 전하고 싶었지만, 아직 업무 시간이라 할 수 없이 전화기를 들었다.

〔네, 팡팡입니다.〕

내 번호를 외운 것인지, 그는 즐거움이 팡팡 터진다는 고정 멘트를 치지도 않았다. 목소리도 묘하게 싸늘했다. 하긴, 지금 우리의 꼴을 보라. 즐거움 외의 모든 것이 터지고 있었다.

—— 저…… 그 말단직원인데요, 사장님께서…… 지금 즉시 샘샘도사의 모든 댓글을 지워 달라고, 그리고 사, 사과를……

〔하아…… 저기요, 고객님.〕

── 네……?

나는 몇 년 동안 이 순간의 한숨을 또렷이 기억했는데, 평생 어디서도 그런 식의 경멸, 그런 식의 혐오 대상이 된 적 없는 탓이다.

〔제발 저희 사정도 좀 봐주세요. 지금 샘샘도사 님도 계속 전화하셔서 자기 댓글 복구하라고 난리세요. 한 번만 더 지우면 저희 업체 신고해서 콩밥 먹이신대요. 제발 이제 그만…… 직접 지워 주시면 안 될까요?〕

그의 말은 거짓이 아닌 듯했다. 멀지 않은 곳에서 다른 상담원이 실시간으로 샘샘도사를 상대 중인 모양이었다. 고객님, 제임스…… 댓글…… 저희가 지운…… 그게 아니라요, 진정하시구요…….

── 저도 제가 지우고 싶은데…… 대표님이 마스터 계정을 절대 안 가르쳐 주셔서…….

〔그럼 저희가 알려 드릴게요. 지금 당장요.〕

── 대표님께 걸릴까 봐…… 어차피 저희가 지워도 되는 거면, 그 쪽에서 지워 주시면 안 될까요……?

〔고객님…… 정말 안 돼요. 솔직히 샘샘도사 님도 저희 유저시고, 당연히 본인 의견 게재할 권리가 있으세요. 이러신다고 지워 드릴 수 없어요. 아시잖아요.〕

── 아는데요…….

〔그리고 저희가 지우는 거랑 채널 마스터가 지우는 거랑 삭제 문구 다르게 뜨는 거 아시죠?〕

── 뭐라고요?

〔저희가 지우면 '관리자에 의해'라 뜨고요. 계정주가 지우시면 '채널 소유자에 의해' 삭제되었다고 떠요.〕

이런 젠장, 완전 제기랄……! 나는 그제야 박국제가 왜 이런 촌극을 벌인 건지 알게 되었다. 댓글창을 루브르 박물관처럼 감상하는 놈이니 본인은 당연히 이 차이를 알 거였다.

그것이 나와 팡팡 측의 마지막 통화였다. 이제 내 자리에서 전화를 걸면 끊임없이 신호 대기음만 울릴 뿐 연결이 되지 않았다. 개인 휴대폰 번호도 마찬가지였다. 수진 언니나 지구의 번호로는 어렵지 않게 연결이 되었기에, 나만 차단당했다는 걸 확신할 수 있었다.

이 개싸움은 결국 샘샘도사가 팡팡을 떠나면서 종결되었다. 샘샘도사는 제임스의 팬들이 부디 제임스와 영원하길 바란다고 했다. 영원히 박국제의 실체를 깨닫지 말라는 건, 인간이 인간에게 내릴 수 있는 가장 잔혹한 저주일지 몰랐다. 내가 회사에서 부들부들 떠는 시점에 지구 어디선가 함께 떨었을 샘샘도사…… 그리고 팡팡의 상담원……. 입장은 달라도 모두 같은 패배감을 맛보았을 터였다.

이 사건 때문인지 팡팡은 곧 규제 메시지 자체를 바꾸었

언러키 스타트업

다. 이제는 펑펑 측에서 삭제하든, 계정주가 삭제하든 "관리자 혹은 채널 소유자에 의해 삭제되었습니다."라는 다소 애매한 멘트가 떴다.

이 사건으로 박국제가 자중을 배웠느냐면, 당연히 그렇지 않다. 놈은 오늘의 승리를 등에 업고 서울에서 제일가는 민원 왕이 되었다. 유리문이 너무 깨끗해 없는 줄 알고 머리를 부딪쳤다며 클레임, 벨도 안 눌렀으면서 버스가 자길 내려 주지 않았다며 클레임, 장애인이 없길래 장애인 주차구역에 차 좀 댄 게 뭐가 문제냐며 클레임을 걸었다. 나는 갈수록 처참해지는 박국제를 보며, 반면교사도 교사라면 그는 정말 참스승이라고 생각했다.

11화

/

80평 사무실을 얻다

나는 샘샘도사 사건 후 오만 정이 다 떨어져, 열과 성을 다해 박국제를 멀리하는 중이었다. 고맙게도 수진 언니와 지구, 혜은 씨 모두 물심양면으로 나를 배려해 주었다. 이김 없이 '타격의 품앗이' 체제가 발동된 것이었다.

동료들은 박국제가 나를 들볶으려 할 때마다 대신 업무를 가져가고, 점심시간 사담 폭탄에서도 내 몫의 대답을 도맡았다. 덕분에 내가 입을 닫아도 전체 발화량은 늘었고, 박국제는 이 차이를 눈치채지 못했다.

일주일간은 아무 일도 없었다. 그러나 일주일이 더 지난 후에는 새로운 폭풍이 몰아쳤다. 박국제가 대뜸 사무실 이사를 통보한 것이었다. 그는 이 웅장한 계획을 '사옥 이전'이라 칭했다. 창립 이래 내내 월세였고 이사 갈 사무실 또한 월세인데 어째서 사옥인지는 아무도 몰랐다.

*

　오늘이 어제의 최대치를 비웃고, 내일은 또다시 오늘의
기록을 뭉개며 더워지고 있었다. 어느 순간부터는 일기예보
를 볼 필요가 없었다. 아침에 창문만 열어 봐도 내가 곧 드라
이아이스 없는 빙수처럼 녹아내릴 것임을 알 수 있었다.

　박국제는 새로운 보금자리 생각에 덥지도 않은 모양이
었다. 그는 우리들을 시시때때로 찜통 탕비실에 욱여넣고,
새 사무실 규모를 강조하며 좋아서 어쩔 줄 몰라 했다. 우리
는 눈만 꿈뻑꿈뻑 뜬 채로 사무실 이전 소식을 받아들였다.
박국제가 절이 싫으면 중이 떠나는 거라며 공공연히 압박
을 가했기 때문이었다.

　── 사무실이 자그마치 80평이야. 80평. 내가 보고 왔는
데 볕도 잘 들고 아주 궁전이라고. 니들, 대표님 잘 만나서
호강한다, 응?

　대체 어디가 호강이란 말인가? 정녕 그 위치라면 우리에
겐 차라리 귀양이었다.

　어이가 없었지만 인테리어 시작 전 드넓고 텅 빈 공간을
직접 보았을 때는 나 역시 고양감을 느꼈다. 내 옆의 박국제
가 초호화 대표실을 꾸밀 생각에 넋이 나가 있었다. 대표실
이야 지금도 있지만 업무 공간과 너무 가까웠다. 근데 이 구
조와 넓이라면 대표실과 우리 거리를 상당히 벌릴 수 있었다.

지금 사무실은 18평 정도였는데, 노사 간의 불행 상당수가 그 점에서 기인했다. 방음도 잘 안 되어, 몰래 우리들의 대화를 엿듣던 박국제가 뛰쳐나와 말을 걸기 일쑤였다. 내가 옆자리 수진 언니에게 "카톡으로 쏴 줄게." 하면, 대표실 문이 벌컥 열리고 "누가 핫도그를 쏜다구?"라는 식으로 끼어드는 것이었다. 사무실이 넓어지면 그런 일은 없으리라. 나는 벅차올랐다. 그때 난 너무 설레서 이 언러키 스타트업의 제1법칙을 마음껏 잊고 있었다.

여기에선 모든 일이 어떻게든 망한다는 것, 희망은 사망하고 소망은 절망으로 화한다는 것 말이다.

'사옥' 이전 프로젝트에 심취한 박국제는 점점 비현실적인 허세를 부리기 시작했다. 나는 박국제의 경거망동에서 그가 숨기지도 못하는 욕망을 알아챘다. 이를테면 '잘나가 보이고 싶다', '실제 규모보다 훨씬 큰 회사의 사장으로 보이고 싶다'는 의도였다. 그의 최종 승부수는 사무실 인테리어였다. 인테리어의 이응도 모르는 나지만, 박국제가 의기양양 내민 업체의 포트폴리오는 내게도 낯설지 않았다. 해당 업체의 시공 사례 중 몇 개는 이미 인터넷상에서 '꿈의 사무실'로 유명했고, 그래서 우리와는 어울리지 않았다.

박국제는 비용을 계산하고 지불하는 데 심각한 오류를 가진 사람이었다. 그에게 '내 돈'이란 너무너무 소중하여 남에게 한 톨도 내주고 싶지가 않은, 그럼에도 내주었을 때는 마음껏 진상을 떨 권리까지 딸려 온다고 믿는, 마법의 물질이었다. 그런 박국제가 수천만 원 규모의 지출을 결정했다면 인테리어 업체는 어떤 식으로든 곧 화를 입게 될 것이었다. 안타까웠지만 계약은 착착 이루어졌다. 오늘은 드디어 업체 사람이 1차 설계도를 가지고 방문하는 날이었다.

누차 말하지만 매일매일이 더웠다.

누구라도 이런 날 달달거리는 선풍기 아래서 남의 헛소리를 감내하고 싶진 않을 것이다. 미적지근한 음료를 들고 회의실에 들어가 보니, 예상대로 직원의 표정이 찜질방에 갇힌 북극곰처럼 절망적이었다. 그래도 아직은 웃으려는 노력이 가능한 모양이었다.

— 사장님, 저 이 바닥 10년 넘게 구른 사람입니다. 근데 사장님 같은 말씀 하시는 분 처음 봐요. 말씀하신 대로 공사 들어가면, 80평이 33평처럼 좁아 보일 겁니다. 냉난방 효율도 안 나오고요. 제발 믿어 주십시오.

— 아이고, 아이고. 나도 건축 배웠어요. 무슨 말인지 아는데, 나는 획기적인 시도를 하고 싶은 거야. 평범하게 할 거면 이 돈 주고 왜 해요? 그냥 우리 직원들이랑 페인트 바르고 이케아 다녀오고 하지.

— 아무리 그래도 천장부터 바닥까지 6면을 전부 빨강으로 칠한다는 건……

—6면은 아니지. 5면이잖아? 그 통유리 부분은 못 칠하니까. 현장 봤죠? 정남향이라 빛도 잘 들어서 밝은 거.

—……네에, 그럼 그건 일단 두고, 사무실 안에 크리에이티브 공간을 만들고 싶으시다고요.

—응. 가벽을 많이 세워서 미로처럼 만들고 싶어요. 우리 직원들 맨날 운동 부족이니 체력 부족이니 하는데, 사무실 안에서라도 걷게 만들면 좋지 않겠어?

—…….

—김다정이 너는 안 나가고 뭐 해? 뭐 불만 있어?

—앗, 아니요. 나가 볼게요.

업체 직원은 그 후 45분을 더 버티다 박국제가 빨간 펜으로 괴발개발 그어 놓은 1차 시안을 갖고 돌아갔다. 박국제는 정말 건축을 배웠을까? 아니지 싶었다. 건축을 배웠다면 건축과 인테리어가 전혀 다른 분야임을 알았을 것이다. 그러거나 말거나 박국제의 기분은 좋아 보였다. 자기가 또 기싸움에서 이겼다고 생각하는 것 같았다. 이것이 바로 그가 사랑해 마지않는 '권력의 순간'이었다.

곧이어 승리에 도취된 티타임이 열렸다. 이때까지만 해도 온 벽에 피칠갑을 하겠다는 박국제의 말이 허풍인 줄 알았다. 그러나 그는 완전히 진심이었다.

—난 원래 빨간색을 좋아해. 열정의 색! 강렬하잖아.

사실 차도 빨간 색깔로 사려다 김 여사 같을까 봐 말았거든.

— ······.

— 오호호······. 천장이랑 벽이 전부 빨간색이면 눈이 아프지 않을까요.

— 참나. 그럼 눈에 좋게 초록색으로 해? 여기가 몽골이냐?

차라리 그게 낫지 않나 싶었다. 게다가 우리에겐 흰색이나 베이지색이라는 평범한 선택지도 있었다. 놈이 전혀 고려하지 않을 뿐······. 그러나 더 큰일은 망할 놈의 미로 설계였다.

— 제주도 갔을 때 말야. 미로 가든. 그게 참 좋아 보이더라고. 일상 속에서 사색할 기회가 생기는 사무실을 구상 중이야.

— 네? 길 찾기 어려운 그 미로요?

— 응.

— 사무실에 미로를 설치하신다고요?

— 그래. 복잡하게는 못 하고 미로 흉내를 내는 거지. 구글 알지? 회사에 수영장 있고, 별별 것이 다 있잖아. 근데 거기도 미로는 없더라고? 깍깍깍깍!

이때 난 대한민국에 스타트업 법이 필요하다고 생각했다. 소규모 블랙 기업 대표들이 '구글', '애플', '넷플릭스'를 언급할 때마다 고 허무맹랑한 주둥이에 벌금을 먹이는 법

말이다. 용도가 결백하지 않을 땐 '크리에이티브', '린', '그릿' 등의 단어도 금지해야만 옳았다. 그것들은 원래의 건강한 의미를 잃고, 스타트업 대표가 노예에게 산업혁명을 떠넘길 때나 쓰이게 된 지 오래였다. 사람을 노예처럼 다루는 자의 최후는 노예혁명뿐이라는 걸……

우리는 박국제와의 충돌을 최대한 피하는 편이었지만, 이번만큼은 사활을 걸고 반대 의견을 표명했다. 대충 물러섰다간 피칠갑된 사무실 미로에 갇혀 망령이 될지 몰랐다. 80평 오피스에서 뱅글뱅글 도는 나라니, 상상만으로도 어지러웠다.

박국제는 꿈쩍도 하지 않았지만, 빨간 미로 프로젝트는 현실적 조건 때문에 결국 폐기되었다. 인테리어 업체와의 2차 미팅 날, 직원은 직접 오는 대신 메일 한 통을 보냈다. 문제의 미로 설치 견적서가 첨부된 메일이었다. 진실인지 에두른 설득인지 모르겠으나 견적이 억 대로 튀어 있었다. 벽 하나당 몇백만 원의 자재비가 추가되니 당연한 일이었다. 박국제는 점심까지 거르며 속상해하다가 항복을 선언했다. "니들이 싫어하니 안 하는 거지 돈 때문에 못 하는 것은 아니"라는 거들먹거림은 덤이었다.

3차 미팅은 남북회담을 방불케 하는 긴장감 속에서 이뤄졌다. 미로 건립에 실패한 박국제는 다른 디테일만은 양보

할 수 없다는 입장이었다. 업체 직원은 지난번의 교섭에서 깨달은 바가 있었는지, 이번에는 호소 없이 냅다 돈 얘기와 아부를 버무렸다.

— 좋습니다. 정열의 새빨강! 강렬하고 좋다 이거예요. 근데 거기서 평생 업무 보실 거 아닌데, 나갈 때 원상복구도 생각하셔야 돼요. 우리 사장님 안목 탁월한 거 보니까 조만간 빌딩 세워서 나가실 텐데. 그때 흰색 페인트 다시 바르는 돈 아깝지 않으시겠어요? 흰색은 다른 색이랑 달라서, 한참 걸려요. 마르고 바르고 마르고 바르고, 한 스무 번은 해야 될 겁니다. 빨강이 사장님 로망이신 거 같은데, 삐까번쩍하게 건물주 됐을 때 진행하시죠?

— 아오, 미치겠네. 갈등돼.

— 비용도 어마어마합니다. 쌩돈 날리시는 거라니까요.

— 그러면 흠. 한 면, 한 면만 할게요. 나 이제는 더 양보 못 해.

— 아이구, 잘 생각하셨습니다.

박국제가 평생을 변덕만 부리며 살아온 바보여서 참 다행이라고 생각했다. 후에도 몇 번의 크고 작은 옥신각신이 있었으나, 빨간 벽이나 미로 공간만큼 치명적이진 않아서 공사는 예정대로 진행되었다. 마침내 이사 날짜를 확정했을 때는 어느새 여름이 다 지나간 후였다.

12화

/

태양을 피하는 방법

사무실 이사까지 D-20. 박국제는 이삿짐 센터를 정하는 과정에서 또 우리와 마찰을 빚었다. 아니나 다를까 일반 이사로 진행하겠다는 것이었다. 그러면 이 모든 짐들을 누가 싸냐고? 묻자 다섯 명이 짬짬이 힘을 합하면 된다는 양심 없는 대답이 돌아왔다. 이 모든 짐들을 누가 푸는지 묻자 그 또한 우리 다섯 명의 소명이란다.

—— 박스도 100개는 사야 할 테고, 이런저런 포장용품 구매에 짐 쌀 동안 저희 업무 못 보는 거 생각하면 포장 이사가 훨씬 낫지 않을까요.

수진 언니의 말이었다.

—— 박스를 왜 사? 다 같이 동네 마트 순회하면서 싹 주워 오면 되지.

—— 진심이세요? 벤츠 끌고 가서 남의 업장 박스나 훔쳐 오시겠다고요?

이건 나였다. 내가 너무 몸서리치는 바람에, 또다시 수진 언니가 끼어들었다.

— 오호호. 대표님처럼 유명한 분이면 마트에서 누가 알아볼 수도 있겠죠. 그런 말이지, 다정 주임?

— 저라면 사진 찍어서 인터넷에 올릴 거 같은데요. 그럼 영원히 놀림받으실걸요.

고뇌하던 박국제는 결국 '반포장 이사'를 예약했다. 머리가 크다고 포부가 큰 것은 아니었다.

80평 사무실은 생각보다 넓고 쾌적했다. 빨강으로 포인트를 준 인테리어도 의외로 나쁘지 않았다. 그러나 우리는 곧 예상치 못한 난관을 만나게 되었다.

박국제가 이사 전부터 입에 침이 마르도록 자랑하던 채광이 문제였다. 햇볕이라기보단 땡볕이라 불러야 좋을 강한 빛이 일과 시간 내내 창가 자리에 앉은 혜은 씨와 나를 괴롭혔다. 빛이 너무 강해서 모니터 속 글자가 읽히지 않을 정도였다. 게다가 새 사무실은 너무 추웠다. 공간에 비해 냉난방 장치가 작고 개수도 모자란 탓이었다. 불쌍한 나와 혜은 씨는 어처구니없이 아수라 백작이 되었다. 한쪽 뺨은 햇볕에 불타오르고 한쪽 뺨은 냉기에 얼어 가는 식이었다. 알고 보니 박국제가 비용을 아끼려고 '선 필름' 옵션을 전부 뺐기 때문이었다.

웬만하면 참았겠지만 대자연의 빛 테러는 참고 말고 할

수준이 아니었다. 나는 2~3일 정도 견디다가, 택배가 오는 족족 박스를 오려 창가에 붙이기 시작했다. 미관이 정말 좋지 않았다. 아직도 페인트 냄새가 가시지 않은 새 사무실이 누더기 움막 같았다. 박국제는 못마땅한 눈으로 누더기 박스들을 노려보면서도 절대로 블라인드를 맞춰 주지 않았다.

나는 마침내 내 머리 크기에 맞는 박스를 구해 눈, 코, 입 부위에 구멍을 뚫고 그것을 뒤집어쓴 채 일하기 시작했다. 이것은 거의 시위였다.

그러기를 며칠, 더 환장할 사건이 생겼다. 내가 세상에서 제일 싫어하는 집단! 바로 박국제 팬카페 일당이 사무실에 쳐들어온 것이었다. 박국제조차 그들의 방문 일정을 몰랐던 모양이었다. 콩만 한 눈이 똥그래진 박국제에게 팬카페 운영진이 꽃다발과 선물을 안겼다.

— 스승님! 너무너무 축하드립니다. 사무실 이전하셨단 소식에 한달음에 달려왔어요.

— 아니, 주소는 어떻게 아시고!

— 와이넷에 지도 검색했더니 떡하니 뜨던데요? 오호호, 표정 보니 놀라셨나 봐. 오늘의 깜짝 카메라 완저언 서엉고옹!

나는 팡팡 콜센터 사건 때부터 이를 갈다가 이제는 잇몸만 남은 참이었다. 이사에 따르는 왈가왈부 때문에 해소하지 못한 원한은 커져만 갔다. 위험을 감지한 지구가 내 팔목을 잡으려 했지만, 내가 더 빨랐다. 나는 대가리에 박스를 끼고 그들 앞으로 성큼성큼 나아갔다.

— 안녕하세요?

— 이 아가씨는? 스승님네 직원인가요? 머리에 그건 왜…….

— 이거요? 아아, 왜냐하면…….

— 김다정이! 지금 뭐 하는 거야!

박국제가 고함을 빽 지르는 바람에 실내의 분위기가 어색해졌다. 나는 별 난리를 다 피운다는 듯 박스를 벗고 웃으면서 설명을 더했다.

— 아, 이건 새로운 콘텐츠에 가면 쓴 캐릭터가 등장하면 어떨까 해서 디자인 구상 중인 아이템이에요. 아직 초기라 콘셉트를 고민 중이랍니다.

— 어우, 아이디어 너무 좋다! 이왕 하는 거 귀여운 느낌의 캐릭터로 해 봐요. 잔망 루피나 라이언처럼.

— 네. 감사합니다.

나는 벙찐 박국제와 사람들을 회의실로 내몰았다. 그들 중 한 회원이 내게 과일 바구니를 건넸다. 주는 건 줄 알았는데 자기들 먹게 깎아 오란 얘기였다.

캡슐 커피 머신은 대표실 안에만 있기 때문에 멀리서 온 손님들에게 맥심을 대접할 수밖에 없었다. 커피를 타는 내 옆에서 망고를 자르던 혜은 씨가 말했다.

— 저는 아직도 대표님께 팬카페가 있다는 사실을 믿을 수가 없어요.

— 박국제가 저한테 팬카페 관리자 역할을 시켰거든요. 저도 도저히 믿어지지 않는 마음에 팬카페 글을 하나하나 다 본 적이 있어. 확실히 연예인 팬덤하고는 다르더라구요.

— 우와, 어떻게 달라요?

— 공동구매도 수십 개씩 열리고. 그냥 애들 다 키우고 적적해서 활동하시는 분들도 많아요. 어떤 글 보니까 '산악회', '낚시 동호회' 이런 건 배우자가 질색하는데 여긴 순수한 공부 모임인 줄 알고 허락을 잘해 준대요.

— 헐. 그럼 순수한 공부 모임이 아닌 거예요?

— 모여서 뭣들 하는지는 저도 모르겠어요. 표면적으로는 만나서 강의 틀어 놓고 함께 공부한다는데 후기 사진 보면 스터디고 나발이고 놀자판인 경우가 많아요.

— 그럼 혹시 불륜 이런 거예요?

— 아뇨아뇨. 그런 느낌은 아니고. 근데 웃긴 건 박국제도 저 사람들한테 쩔쩔맨다는 거예요. 저 카페 회장이 특히 이상한 짓 많이 하거든요? 나중에 썰 풀어 줄게요.

— 아, 궁금한데 안 궁금하네요.

우리는 큭큭대며 커피와 과일 접시를 들고 회의실로 향

했다. 아니나 다를까 이상한 얘기들이 한창이었다. 이 인간들이 글쎄 고사를 지내자고 야단인 것 같았다.

박국제는 수세에 몰려 있었다. 나와는 냉전 아닌 냉전 중임에도, 대뜸 "김 주임!" 하고 돌아서는 나를 붙잡는 것이었다.

—네?

—아니 회원님들, 제 말이 거짓말이 아니에요. 돼지머리 놓고 고사 지낸다, 번창하란 뜻은 참 좋은데. 우리 직원 애들이 다 천주교 아니면 기독교예요. 요즘 직원들 절 같은 거 함부로 시켰다 큰일 나잖아. 김 주임 기독교 맞지, 그렇지?

—…….

—으잉, 선생님도! 아가씨 얼굴이 딱 천방지축인 게 얌전히 교회나 다닐 관상이 아니구먼, 뭘.

'이 새끼가 근데…….'

—호호호, 맞아요. 전 심지어 모태 신앙이랍니다. 저희 오빠 이름도 '요셉'인 걸요.

—나머지 분들도 다 그래요?

—네. 공교롭게도 직원들 다 종교가 있어서요. 집안 제사도 안 지내요.

—아이고! 울 아들들 색시감 하나씩 찍어 볼랬드만, 여기 처자들은 탈락이네, 탈락이야! 허허허!

팬카페 회장의 농담에 모두가 따라 웃는 틈을 타 혜은

씨를 데리고 나왔다. 닫힌 문짝에 대고 가운뎃손가락을 날리면서도 고사라는 참사를 막은 것은 자랑스러웠다. 실제 조상에게도 안 지내는 제사를 회사에서 지내라니 택도 없었다. 하지만 나는 그날이 지나기도 전에, 차라리 고사에서 타협할걸 피눈물을 흘렸다.

팬카페 회원들이 돌아가고 난 후, 박국제가 비척비척 우리에게 다가왔다.

— 다음 주 주말 시간 비우고 여수 갈 준비 해. 팬카페 회장님이 고사 안 지낼 거면 여수 놀러 오라시네. 뭐 리프레시한다고 생각해. 솔직히 니들은 땡큐지! 이 시국에 합법적으로 여행도 가고, 엉?

짐짓 당당한 체했지만 저도 뭐가 꿀리는지 눈을 비비는 척 우리 시선을 피하고 있었다. 직장인의 주말. 그것은 직장인의 황금이자 신기루다. 그리하여 직장인의 심장일진대 그걸 건드리겠다니…….

— 아씨, 분위기가 왜 이래? 내 탓 아냐. 이게 다 김다정이가 고사 지내기 싫대서 벌어진 일이라고. 조혜은이 봤지! 쟤가 지 기독교라고 뻥치는 거!

— …….

그러나 혜은 씨는 물론 누구도 말이 없었다. 사무실에는 아서왕의 절대 검으로도 베어 내지 못할 침묵이 내려앉았다. 와중에도 눈치 없는 햇볕이 내 왼뺨을 달구었다. 박국제는 주섬주섬 박스 헬멧을 뒤집어쓰는 나를 보다 마침내 패배 선언 같은 거래를 제안해 왔다.

—— 맞다. 니들 블라인드 해 달렜지? 내가 그거 당장 해 줄게.

—— …….

—— 이야, 여수 다녀오면 사무실이 더 아늑해지겠어. 김다정이 오늘 소원 풀었네, 안 그래?

나는 마지못해 감사하단 대답을 웅얼거렸다.

직장인의 '감사합니다'는 때로 경멸의 뜻이기도 했지만, 대표들은 늘 그것을 몰랐다. 몰라도 돼서 몰랐고, 모르는 게 나으니까 몰랐고, 실제로도 그냥 몰랐다.

13화

/

I LOVE JAMES

결전의 토요일이었다. 우리는 여수로 가는 KTX를 타기 위해 오전 7시 서울역에 모였다. 너무 피곤해서 박국제를 걷어차고 싶다는 욕구를 다스리기 힘들었다. 저기로 밀어 버리면 9와 4분의 3 승강장이 열리지 않을까 싶을 때쯤 열차가 들어왔다.

— 개빡친다, 진짜.

지구가 내게 슬쩍 귓속말을 했다. 나나 쓸 것 같은 비속어를 지구 입에서 들으니 놀라웠다.

— 너 그런 말 어디서 배웠어?

— 너지. 넌 안 빡쳐?

— 내가 지금 이 열차에 탄 사람 중 제일 빡쳤을걸?

키들키들 웃으니 우리도 여느 승객들처럼 보였다. 기차 여행의 묘미라면 간식을 먹으며 조잘조잘 수다를 떠는 것이겠지만, 전염병 시국이라 여의치 않았다. 우리는 곧 몸을 옹송그린 채 선잠에 들었다.

여수 도착 후엔 모텔인지 호텔인지 모호한 텔에 짐을 풀었다. 정확히 말하면 짐을 풀기도 전에 박국제의 집합 명령을 받은 것이었다. 제가 불러 놓고 제일 늦게 나타난 박국제는 어딘가 안절부절못하는 기색이었다. 막상 우리와 회원들을 붙여 놓자니 불안한 모양이었다. 안 봐도 뻔했다. 놈 성격에 직원들이나 회사 일 관련하여 내뱉은 실언이 얼마나 많을 것인가?

— 니들 잘 들어. 회원님들께 쓸데없는 얘기 하지 말고, 서울 갈 때까지 행실 조심해. 우리 여기 놀러 온 거 아니다. 이거 엄연히 출장이고 업무야.

— 네…….

아무리 그래도 한 회사의 대표란 인간의 주둥이가 너무 간사하지 싫었다. 숙소로 향하는 택시 안에서 직원들 여행 경비 다 대 주는 대표가 어디 있냐며 떵떵거릴 땐 언제고…….

심호흡 후 행사장에 들어서자, 박국제를 발견한 40여 명의 회원들이 일제히 박수와 환호를 보냈다. 이런 집단이 존재하는 한 내가 세상을 사랑하긴 글렀다는 무망감이 따라왔다.

STAFF 명찰을 쥐고 넋이 빠진 우리들에게 팬카페 부회장이 꾸러미 하나를 내밀었다. 'I LOVE JAMES'라는 문구와 하트가 덕지덕지 프린팅된 단체 티였다. 이것보다는 피부색 컬러에 겨드랑이 털을 한움큼씩 구현한 쫄티를 입는 게

낫겠지만 거절할 방도가 없었다.

우쭐한 듯 신이 난 팬카페 회장, 임수형 씨의 리드로 팬미팅이 진행되었다. 초반엔 박국제 및 직원 소개 코너도 있었다. 부회장이 어디서 죽이는 카메라를 렌트해 모든 과정을 녹화하고 있었으므로, 제발 생략되었으면 했지만, 당연히 강행되었다.

─── 국제마인드뷰티콘텐츠그룹은 1인 재능 기부 강연에서 시작되었죠. 남들이 "NO"를 외칠 때 저는 "GO"를 외쳤습니다. 혁신은 언제나 저와 같은 사람들의 몫이라 믿은 거죠. 저는 구글, 애플, 아마존, 마이크로소프트 설립자들의 자서전을 밤새도록 읽으며 리더로서의 마인드셋을 연구하고……

이 기본적인 코너는 의외의 난항을 겪었는데, 박국제가 본인 소개에 12분을 좔좔거려 놓고 정작 우리 소개를 못 해서였다.

─── 여기는 우리, 저기 이수진입니다. 이 과장은…… 참 착하고…… 하여튼 회사에서 여러 가지 업무를 맡고 있습니다. 이 친구는 오지구…… 오 대리도 참 저와 오래 여러 가지 일을 잘 해내고 있는, 여러 가지 인재입니다. 다음은 김다정인가? 김다정이 역시 여러 가지 일을 도맡아 하는 친구로…….

갈수록 지쳐 가는데 이제 겨우 두 번째 순서였다. 회원님들이 돌아가며 박국제에 대한 팬심을 고백하는 괴로운 시간……. 넷플릭스 영상이라면 당장 이탈했겠지만, 현실이라 뜬눈으로 지켜봐야 했다.

— 난 우리 스승님을 좋아하게 된 특이한 계기가 있다! 손들어 보세요. 네, 거기 조경선 누님?

회장이 회원들 본명을 다 아는 것으로 보아, 회원 중에서도 친목이 두터운 네임드만 참석한 모양이었다. 일어나 마이크를 건네 받는 조경선 씨의 손이 그의 음성처럼 떨렸다.

— 제가 어릴 때 학교를 못 마쳐서…… 콤플렉스가 있었어요. 선생님 강연을 듣고 공부를 다시 시작하면서 심적으로 치유가…… 우리 선생님이 너무 잘생기시고, 목소리도 좋으시니까 머리에 쏙쏙 들어오고…… 딸이 중2인데 우리 딸도 너무 좋다고 매일 세 번씩 듣고…….

악감정을 빼고 진술하건대 박국제는 씹다 뱉은 미더덕같이 생겼고 목소리도 구렸다. 옆자리 조경선 회원님의 딸도 어머니 립 서비스에 짜증이 바짝 난 것 같았다. 살기등등한 사춘기 소녀가 생기다 만 사기꾼의 강연을 하루 세 번 들을 리 없다는 확신이 들자 기분이 약간 나아졌다. 둘러보니 아들을 데려온 아저씨나 개를 껴안은 여성분도 있었다. 눈이 마주쳤는데 애와 개의 표정이 나랑 똑같았다. 우리는 비슷한 경멸과 지루함을 느끼는 듯했다.

회원들도 본인 하고 싶은 말만 하고, 박국제 또한 의미 없는 자기 자랑만 지껄이는 가운데 이 난장판도 드디어 끝물이었다. 마지막은 경품 추첨 코너였다. 돌잔치에서 그러듯이 돌아이 잔치에서도 몇 명을 뽑아 선물을 드리는 것이었다. 하지만 실은 모두에게 선물이 준비되어 있었다. 박국제가 나를 핍박하여 제작한 팬용 굿즈들이었다. 머그컵과 티코스터, 책갈피 등에 'I LOVE JAMES' 로고를 새긴 흉물이었다. 회원님들은 사려 깊은 박국제에게 감탄했지만, 만들면서 제일 많이 들은 말은 "싸게 하라."였다.

공식 행사가 종료된 후, 자연스럽게 사인회 분위기가 조성되었다. 회원들은 너나 할 것 없이 교재 나부랭이를 들고 박국제 앞에 줄을 섰다. 몇몇은 사인을 받으며 자신이 가져온 선물을 건네주기도 했다. 현금 아니면 코웃음만 치는 박국제가 미니 선풍기, 손 편지, 수제 잼을 받고 억지로 웃는 모습이 우스웠다. 어떤 회원님은 멀뚱히 선 내게 홍삼 세트와 파라솔 스타일의 장우산을 건네기도 했다. 이걸 왜 저에게? 쳐다보자, 아무런 악의 없이 이딴 대답이 따라왔다.

— 선생님 선물인데 직접 드시면 무겁잖아. 아가씨가 잘 들고 다니다 서울 가서 전해 드려요, 꼭?

어른을 치고 싶다 생각했는데, 반성을 해야 하는지도 모르겠단 심정이었다.

남루한 숙소에 돌아와 창밖을 보니, 저 멀리 바다가 맞나 헷갈릴 정도로 작게 수평선이 보였다. 예약할 땐 오션 뷰라더니 며칠 사이 지각변동이라도 일어난 모양이었다. 술이 절실했으나 다음 날 일찍부터 움직이는 일정이라 함부로 과음할 수도 없었다. 좁은 방 안에서 홍삼과 장우산이 걸리적거려 폭력적인 생각이 일었다. 여수에서 북극 얼음 감옥에 갇힌 느낌을 받을 수 있다니 인생이란 참 환상적이었다.

14화
/
양애취 선생님의 사랑

당연하게도, 나를 비롯한 직원들 모두는 회원님들을 다시 볼 생각이 전혀 없었다. 현생은 물론 꿈에서라도 스치지 않길 바랐다. 우리의 대면은 박국제를 혐오하는 광기와 사랑하는 광기의 격돌이었다. 싫어하는 마음이 좋아하는 마음을 이길 리 없으니, 이건 매번 내가 패배하는 싸움이었다.

좀 쉬려던 찰나 박국제에게 불길한 전화가 왔다.

—— 흠흠, 회원님들이 니들과 뒤풀이를 하고 싶으시다네? 안 된다고 했는데…… 알다시피 워낙 정이 많으셔야지? 준비되는 대로 집합해라.

전화가 끊긴 후, 나는 벽을 보고 조금 울었다. 이렇게 열받는데 어디 아픈 곳 하나 없다니, 그 죄로 기어코 뒤풀이까지 가야 한다니 이래저래 비통해 죽을 것 같았다. 수진 언니와 혜은 씨는 체념했는지, 주섬주섬 'I LOVE JAMES' 티셔츠에 팔을 꿰고 있었다. 서울 가자마자 화형식을 하자며 낄낄거리던 바로 그 옷에.

30분 후, 우리는 한층 더 우중충한 안색으로 박국제를 따라나섰다. 택시를 타고 7000원어치 달리자 뒤풀이 장소가 나타났다. 나는 모가지가 삐도록 차창만을 보며 '될대로 돼라될대로돼라될대로돼라될대로돼라……' 절망의 주문을 중얼댔다.

그러나 막상 장소를 보자, 될 대로 되라던 마음가짐을 바로 철회하게 되었다. 너무 허름해서 당장이라도 폭삭 내려앉을 것 같은 건물이 눈앞에 서 있었다.

——……5층이라고 하시지 않았나요?

—— 맞아요!

팬카페 회원 중 누군가가 대답했다.

—— 이 건물은 4층짜리 같은데요…….

—— 신기하죠? 일단 올라가면 5층이 나온답니다. 아가씨들이 이해 좀 해요. 코로나 집합 금지 때문에 이것도 어렵게 빌렸어요.

과연 그 말대로였다. 우린 4층의 가정집에 우선 도착한 후, 수상한 개구멍 속 층계를 통해 5층으로 올라가야 했다. 대한민국 건축법이 허용할 리 없는 방식으로 5층이 4층에 얹혀 있었고, 문을 열자 15평쯤 되어 보이는 공간에 팬카페 회원들이 옹기종기 모여 있었다.

내부는 더 가관이었다. 인테리어도 엉망이었지만, 불안하리만치 조도가 낮은 전구 불빛 때문에 회원님들이 전부 범죄자처럼 보였다. 나는 잠시 인신매매 따위를 상상하며 겁에 질렸다. 눈썹 뼈의 그늘이 짙게 지는 조명이어서, 회원님들이 웃어도 무섭고 웃지 않으면 졸도하게 무서웠다. 나뿐 아니라 나머지 직원들도, 심지어 박국제도 뭔가 혼란스러워하는 눈치였다.

당장 뛰쳐나갈 뻔했지만…… 조경선 회원님의 딸과 어떤 아저씨의 아들, 강아지를 떠올리며 마음을 다잡았다. 적어도 아이들과 포메라니안이 보는 데선 사람을 도륙하지 않겠지 싶었던 것이다. 우리는 박국제의 눈치를 견디지 못하고 술상 차리는 일을 돕기 시작했다.

안주를 나눠 담다가 박국제가 느낀 심란함이 뭐였는지 깨달았다. 이 뒤풀이는 장소도 초라하기 짝이 없었지만, 안주가 너무 부실했다. 포카칩, 포테토칩, 알새우칩, 나쵸칩…… 온갖 칩들과 방울토마토, 땅콩 나부랭이가 전부였다. 심지어 방울토마토는 관련 사업을 하는 회원님의 찬조 물품이라 공짜였고 그 덕에 방울토마토의 양만 과하게 많았다. SNS에 회원님들의 팬심을 치하하며, "제가 뭐라고 이런 것들을 해 주십니까. 우리 알럽쩸 회원님들 통이 참 크십니다."라고 업로드할 생각에 들떴던 박국제가 뭘 잡쳤는지 알 것 같았다. 방울토마토 접시만 열 개를 퍼 나르고 보니, 더더욱 망한 방울토마토농업조합의 마지막 행사 같았다.

이쯤 되니 오늘 하루가 재미없는 개그 쇼 같았다. 커다란 체념이 피곤스레 나를 덮쳤다. 박국제가 "회원님들과 섞여 앉으라."라고 엄포를 놓아도 더 이상 기분이 상하지 않았다. 나는 토마토 바구니를 껴안고 시키는 대로 자리를 바꿨다. 찌그러진 원을 만든 인간들 속에 죽상을 한 수진 언니, 지구, 혜은 씨가 보였다. 우린 눈이 마주칠 때마다 웃었던가? 우는 시늉을 했던가? 그들의 눈썹 뼈도 잔뜩 그늘이 져서 표정을 읽기 힘들었다.

모두들 둘러앉자, 누군가 "차린 게 너무 없어서 스승님을 모시기 부끄럽습니다."라며 체면치레를 했다. 아니, 그건 체면치레가 아니고 그저 사실이었다. 박국제로서는 응당 아니다, 성대하다는 대답을 해야 했으나, 놈도 차마 그 말은 안 나오는 모양이었다. 대신 박국제는 사비로 피자와 치킨을 시켰다. 서른다섯 명 정도의 인원인데 피자 치킨값을 10만 원도 내지 않았으니, 그게 내 입으로 들어올 일은 절대 없었다.

그래서 난 방울토마토를 먹었다. 먹기를 멈추면 옆자리 회원님이 자꾸 말을 시켰다. 상냥하고 말씨가 고운 중년 여성분이었지만 그 사람이 정말 싫었다. 아까 홍삼이랑 우산을 주며 스승님이 들기 무거우니 네가 들라던 장본인이었다.

— 스승님이 회사에서도 참 멋지시죠? 직원들한테도 삼촌처럼 잘해 주시고요?

삼촌은 개뿔 당신네 잘난 스승 덕에 내가 요절하기 3초 전이라 말하는 대신, 계속 궁금했던 걸 물었다.

— 근데요, 애들이랑 개는 어디 있죠?

— 자요.

— 네? 이제 겨우 8신데요! 개도 자나요?

— 네. 저쪽 방에서요.

손 대면 스러질 것 같은 방 문짝을 보며 애들이랑 개가 영원히 잠들게 된 것 아닌가. 애초에 그 여자애가 조경선 님의 친딸은 맞는 것인가 다시 무서워졌다. 그래도 마음을 다잡아야 했다. 촐싹대기가 바람 풍선 못지않은 팬카페 회장이 릴레이 자기소개를 주도하고 있었다. 그 사람이 지정한 순서대로라면 나는 다섯 번째였다. 썩을⋯⋯!

그러나 회원님들 말이 너무 많아 30분이 지나도록 내 차례가 돌아오지 않았다. 참으로 그 스승에 그 제자들이었다. 남의 흥미를 고려하며 말하는 사람이 하나도 없어, 나는 방울토마토를 먹다 꿈나라로 떨어지기 직전이었다. 한참 꾸벅대는데 마침내 나를 귀찮게 하던 옆자리 여성분이 일어섰다.

— 안녕하세요, 전 카페에서 'H제임스H'라는 닉네임으로 활동 중이고요. 지금은 규모가 꽤 되는 중고등 입시학원 원장이에요. 제 본명은 말씀드리기 좀 그런데⋯⋯ 후후후."

그가 재미있는 얘길 할 것처럼 뜸을 들여서, 앉은 채로 턱을 들어 바라보게 되었다.

── 제 이름은 '양애취'입니다아. 사랑 애 자에 가질 취 자를 써요. 우리 학원 애들은 저를 '엣지(edge)' 샘이라 부르 더라고요. 엣지 있다 할 때 그 엣지요. 후훗!

아니…… 결단코 아닐 것이었다. 내가 알기로 애들은 양 애취라는 이름을 가진 선생님에게 절대로 좋은 별명을 지어 주지 않았다. 성함이 양애취라면, 그가 가질 수 있는 별명은 단 하나였다. 온전한 이름의 중간 글자에서 획 하나가 떨어 져 나간 바로 그 단어 말이다. 이때 나는 입속의 토마토를 전 부 뱉을 뻔했다. 너무 웃긴데 웃으면 안 되어 고역이었다.

양애취 회원님의 소개 후 내 차례가 되었다. 나는 폭소 하고 싶은 기분을 눌러 참느라 대변을 참는 사람처럼 보였 다. 절체절명의 순간이었다. 제임스를 지저스라 생각하는 사 람들이 전부 나를 보고 있었다.

── 제 희름은…… ㅎ힘다정이고효……. 주힘이에 요……. 항나뵙게 돼서…… 큽…… 반갑흡니다…… 죄 송합니다…… 부끄허움이…… 많하…… 이까지만 할게 욥ㅎ푸흡…….

그 후로 나는 죽상을 버리고, 회원님들의 자기소개가 재 미있는 척하면서 깔깔깔깔 깔깔깔깔 웃어 댔다. 양애취 선 생님의 이름이 너무 웃겨 미칠 것만 같았다. 아마 살고 싶어 서 그랬던 거 아닐까 추측해 본다. 분노는 소모적인 것이고, 이미 감당 못 할 분노에 잡아먹힌 내가 웃음으로 그 하루를 정화하고 싶었던 거라고. 아니면 단순히 그 이름이 진짜 웃겼던 걸지도 모른다.

회사로 복귀한 뒤, 나는 양애취 회원님이 떠맡겼던 무거운 선물들을 박국제에게 돌려주었다.

— 이거 홍삼이랑 우산인데 양애취 님이 대표님 드리래요.

— 너! 미쳤어? 말버릇이 그게 뭐야. 양아치라니?

그의 자기소개 시간에 딴짓을 하던 박국제가 돌연 뒷북 같은 역정을 내는 것이었다. 당신이야말로 양 선생님께 무례하지 않느냐 놀려 주려다 그냥 버릇없는 사람이 되기로 했다. 언젠가 박국제가 양애취 회원님 앞에서 곤란해지길 바라며 "죄송합니다."라고 했다.

양애취 회원님은 어쩌다 박국제의 세 치 혀에 홀리게 된 것일까? 나는 그가 누구의 제자일 수 없을 만큼 똑똑해 보인다고 생각했다. 그의 이름을 떠올리며 웃음을 참지 못할 때마다, 내가 참 못됐다는 생각도 했다.

하지만 우리는 결국 서로 미안할 일이 없게 된다. 먼 훗날 내가 퇴사한 후, 나 때문에 씩씩대는 박국제에게 양애취 선생님이 이렇게 말했다는 것이다.

— 그 직원 딱 봐도 사고칠 것 같더라구요. 저희 학원에도 그 친구 같은 애들 꽤 있는데, 어린 것들이 어찌나 맹랑한

지 컨트롤이 안 돼요. 그게 다 지 부모 욕 먹이는 일인 줄도
모르고, 어휴…….

15화

/

내건 너무 잔인한 쌀통

이번 주는 월요일부터 시작이 좋았다. 박국제가 우리 회사 1호로 코로나19에 감염되어 치료 겸 격리에 들어갔기 때문이다. 나는 박국제의 확진 소식에 쾌감보다는 안도감을 느꼈다. 코로나19 발발 후 사태가 심각해지자, 박국제는 가장 먼저 "우리 회사는 끝까지 재택근무 없다."라며 으름장을 놓았다. 정부 차원에서 재택근무를 권장할 땐 정부를 욕했고, 직원들이 피치 못할 검사 대상자가 되어 자리를 비울 때도 그 빈자리를 구박했다. 만약 우리들 중 1호가 나왔다면 뒷감당이 얼마나 더러웠을지 상상도 안 갔다.

박국제는 본인 감염 후에야 사무실에 손소독제 비치를 허용해 주었다. 이게 뭐라고 싸워서 쟁취해야 하는 것인지……. 그러나 이까짓 것이 우리 회사 차원의 최대 방역이기도 했다. 고개를 절레절레 흔들며 손소독제 포장을 까는데 갑자기 누군가 뒤에서 "왁!" 하고 나를 놀라켰다. 돌아보니 얼굴에 잔뜩 장난기를 띤 지구였다.

— 다정! Sal-tong? Thal-tone?이 뭔 줄 알아?

— 모르겠는데. 그게 무슨 소리야?

— 어떤 할머니가 전화로 계속 'Thal-tone 불량'이라고 소리 질러.

— 회사 전화로?

— 응.

— 설마 '쌀통' 말하는 건가? 말 그대로 쌀을 보관하는 큰 통이 있거든. 근데 우리랑은 상관없는 물건인데……. 신경 쓰지 마, 보이스 피싱 같은 거겠지.

— 일단 알겠어!

그러나 쌀통을 부르짖으며 화를 내는 전화는 점차 증가하며 이어졌다. 한 시간에 한 번, 그러다 두 번, 오전에만 세 번, 다음 날엔 다섯 번. 수요일에는 하루 열 번을 달성하기도 했다.

도합 스물세 번째 쌀통 민원을 받은 지구가 급기야는 수화기를 집어 던졌다. 나는 아직 연결되어 있는 전화를 살포시 끊어 주며 벌써 몇 번이나 건넸던 질문을 속삭였다.

— 이번에도 '쌀통'이야?

— 후우우…….

— 지구야, 다음에 전화 오면 나한테 돌려 봐. 내가 받아 볼게.

처음에는 장난 전화 아닌가 했지만, 쌀통 콜에는 이상한 점이 한두 가지가 아니었다. 일단 발신자가 다양했다. 개인 휴대폰 번호에서부터 지역 번호 02, 031, 042 등등. 한 사람이 집요하게 건다고 보기에는 범위가 전국적이었다. 대부분 할머니들이었지만 동일인은 아니었고 때론 어머니 또래의 중년 여성, 드물게 아저씨나 할아버지들까지 섞여 있었다.

한 시간 뒤 지구 책상 위 전화기가 다시 울렸다. 내가 받아 보니 이번에는 할머니도 아니고 웬 젊은 여자였다. 여자는 딱 보기에도 화가 잔뜩 난 채였다.

〔여보세요, 쌀통 회사죠.〕

—— 아닌데요……

〔거기 00-000-0000 아니에요?〕

—— 맞습니다만……

〔저 아까 쌀통 뚜껑이 닫히질 않는다고 전화했던 어르신 손녀인데요. 하자 있는 제품 팔아 놓고 애꿎은 노인 치매 취급하셨다면서요. 이래도 되는 건가요?〕

—— 고객님, 치매라는 말은 안 했고요. '미쳤다'라고만…… 죄송합니다. 그런데 저희는 진짜로 쌀통 판매자가 아니에요. 여긴 '국제마인드뷰티콘텐츠그룹'이라고 완전 다른 회사예요……

〔그럼 쇼핑몰에 적힌 번호는 뭐죠?〕

—— 저희도 궁금한데요. 안 그래도 갑자기 쌀통 찾는 전

화가 많이 오는데, 대체 어디서 저희 전화번호를 보셨나요?

〔와이넷 검색창에 '미(米)사랑 진공 쌀통'이라고 쳐 보세요. 거기 고객 센터 번호가 이 번호라고요.〕

— 잠시만요.

나는 전화를 끊지 않은 채 바로 검색에 들어갔다. 아니나 다를까, 정말로 웬 쌀통 상세 페이지 문의란에 지구 번호가 대문짝만하게 적혀 있었다. 다시 검색해 올바른 고객 센터 번호를 보니, 지구 번호와 한 자리가 다르고 나머지가 똑같았다. 쌀통 회사 측에서 상세 페이지를 제작하며 오타를 낸 모양이었다. 나는 통화 상대에게 제대로 된 고객 센터 번호를 일러 주고 전화를 끊었다.

— 지구야! 여기 보니까 진짜 어떤 쌀통 회사 번호랑 네 번호가 비슷해. 근데 저 회사 사람들이 네 번호로 잘못 기재했어.

— 퍼킹 쌀통…….

— 그래도 다행이다. 지금 당장 쌀통 회사 전화해서 수정해 달라고 하자.

이때까지만 해도 모든 일이 시시하게 해결된 줄 알았다. 그러나 문제의 쌀통 회사와 통화를 마친 지구는 아까보다 훨씬 더, 심지어 여수에 갔을 때보다 더 화가 나 있었다.

오지구 [!%@&#%@&@]

오지구 [쌀통 회사가 번호 못 바꿔 준대.]

오지구 [그 회사 사람 완전 박국제 같아. 말이 안 통해!!!]

이수진 [?]

김다정 [???]

조혜은 [아니……! 왜요? 왜 안 해 주는데요?]

오지구 [자기네 디자이너가 그거 만들고 퇴사했대요.]

오지구 [그럼 어쩌냐니까 계속 디자이너가 없다, 구하는 중이다, 그런 일은 자기 담당 업무가 아니다 똑같은 소리만 해요.]

김다정 [미친 새끼들이네.]

이수진 [지구야 일단 진정해…….]

오지구 [그 사람이랑 말이 안 통해서 CS 담당자 바꿔 달라니까.]

오지구 [CS 담당자도 퇴사했대.]

오지구 [그럼 다른 상급자 바꾸라 했더니 상급자도 퇴사했고]

오지구 [대표는 회사에 출근을 안 한대.]

놀라운 일이었으나 놀라운 일도 아니었다. 쌀통 업계에도 우리 회사 같은 종자가 존재할 뿐이다. 쌀통뿐이랴, 여기처럼 구린 회사는 정말 어디든지 있겠으나, 심도 있되 규모가 없어 티가 안 나는 것이었다.

우리는 화가 난 지구를 위해 근처 카페에 들러 아이스 바닐라 라테와 조각 케이크를 사 왔다. 사실 직장인의 분노에 당분이나 얼음, 카페인 따위가 큰 도움이 되는 것은 아니었다. 그러나 누군가 킹콩처럼 제 가슴을 쳐 댈 때, 주전부리를 바리바리 사다 주는 동료들은 빛이 나는 법이다. 우리는 지구를 데리고 탕비실에 모여 앉았다.

— 지구야, 이것 좀 먹어.

— 맞아요, 오 대리님. 드시고 화 좀 푸세요.

— 후…… 알았어. 다들 고마워.

그러나 지구가 케이크를 한입 뜨기도 전에 또 그의 자리 전화벨이 울렸고, 역시나 쌀통 때문에 화가 난 어떤 할머니였다. 우리는 멀찍이서 지구의 표정이 야차처럼 변하는 것을 지켜보았다. 지구는 포크를 흔들며 몇 개의 숫자를 고래고래 소리쳤는데, 올바른 쌀통 회사의 번호를 직접 알려 주는 것 같았다. 수진 언니는 지구가 돌아오자마자 자기 휴대폰 화면을 내밀었다.

— 이거 봐. 쌀통 회사 문의 게시판인데, 원래부터 불친절로 유명한가 봐. 지구 너한테만 못되게 군 게 아니고 그냥 쌀통맨 인성이 그런 듯……?

— 버릇없는 자식. 거의 할머니들이던데 왜 그러는 거지?

— 제품 하자로 문의하면 열에 아홉한테는 그냥 쓰라면서 끊어 버린대.

— 열에 하나한테는 친절하고?

— 아니. 10퍼센트의 비율로는 더 막장 싸움이 나는 것 같아. 여기 보이지? 게시판에도 10건 중 1건 정도는 강성 고

객이야.

슬쩍 보니 어떤 글은 강성 고객 수준을 넘어서 있었다. 아마도 어르신일 유저가 쌀통맨을 두고 '씨↓ 씨:팔세끼'라고 갈겨 쓴 부분이 특히 인상 깊었다. 그분은 자신이 칠십 평생 인터넷에 후기나 리뷰랄 것을 써 본 적이 없는데 이 회사 젊은 놈은 너무 싹통 바가지가 없어 참을 수가 없더라는 사견을 덧붙였다. 나는 첫째로 이런 회사가 여태 망하지 않은 것이 신기했고, 고객 센터 평균 만족도가 1.6임에도 응대가 개선되지 않는 것이 두 번째로 놀라웠다.

── 근데요, 오 대리님. 그래도 작년 말까지는 고객 센터 담당자가 따로 있었나 봐요. 이전 글 보니까 그쯤까지는 정상적인 Q&A가 이뤄지고 있네요.

── 오, 진짜네요, 혜은 씨.

── 쌀통맨도 처음부터 그 모양이었던 건 아닌 거 같아요. 담당자 퇴사 직후 글들 보면 자기 업무 아닌데 나름 친절하려 노력한 흔적이 있고, 사소한 걸로 먼저 욕하고 비방하는 고객들도 많이 보이거든요. 오랫동안 인원 보충이 안 된 채로 남의 일 떠안고 혹화한 것 아닐지…….

── 그래도 어떡해. 일이면 해야지. 나는 그런 태도 이해가 안 돼.

역시 걸어 다니는 상식, 수진 언니의 말이었다. 나는 어쩐지 비운의 쌀통맨 쪽으로 입장이 기울었는데, 나도 가끔 심장이 쿵 떨어질 정도로 노발대발한 고객의 전화를 받기 때문이었다. 고객 응대를 해 보면 세상엔 정말 다양한 사람이 있다는 것, 그중 교양인은 드물다는 것을 저절로 알 수 있었다.

— 근데 어르신들도 좀 안타깝네요. 여기 글 보면 품질에 대한 불만보다 소통에 대한 답답함이 더 두드러져서⋯⋯. 이 회사 나름 챗봇 상담 같은 것도 해 놓은 모양인데 대부분 이용할 줄 모르시나 봐요. 당장 전화 연결이 안 되는 것도 열 받는데 가까스로 연결돼도 무작정 챗봇 안내 쪽으로 돌리니까 더 화내시는 거 같아요.

혜은 씨는 아예 다른 관점을 얘기했다. 우리의 소소한 갑론을박을 듣고 있던 지구는 "일단 그 자식이랑 한 번 더 통화를 해 봐야겠다."라며 간식을 물리고 일어섰다. 지구는 20분쯤 지나 돌아왔는데, 표정을 보니 쌀통맨과 크게 싸우거나 말다툼을 벌인 것은 아닌 듯했다. 그렇다고 개운한 느낌도 아니고, 굳이 말하자면 뭔가를 한 꺼풀 내려놓은 사람 같았다.

*

다음 날에도, 다다음 날에도 쌀통 콜은 멈추지 않았다. 시일이 지날수록 쌀통 전화는 심각하기보단 웃긴 일이 되었고, 우리는 언젠가부터 지구의 전화벨이 울릴 때마다 미리 킥킥거리기 일쑤였다. 지구는 초연해지다 못해 자신의 자아를 조금 떼어 쌀통 회사에 양보한 사람 같았다.

이제 그는 전화를 받을 때 "네, 박국제콘텐츠그룹 오지구입니다."라는 멘트를 쓰지 않았다. 대신 전화가 걸려 오면 "네네, 어느 쪽으로 거셨어요?"라며 일단 쌀통 고객과 비쌀통 고객을 구분했다. 만약 상대방이 '쌀통'이어도 분통을 터뜨리거나 실랑이를 벌이는 일은 없었다.

— 어머니, 어머니. 아니아니아니, 내 말부터 들어 봐 봐. 고장 아니에요. 쌀통에 진공 기능 있잖아요. 불 들어오면 이제 진공 시작된다 이런 뜻이거든요? 진공이 완료되면 불 꺼지고. 네네, 불 꺼지는 게 정상이고요. 뚜껑 열기 전에는 꼭 버튼부터 누르시고. 이거 몰랐죠?

— 환불은 제가 못 해 드려요. 그건 00-000-0000 여기로 말씀하셔야 돼. 아이, 해 주기 싫어서가 아니고. 제가 쌀통 회사 사람 아니라서 그래요. 왜 지금 말하냐면 아무도 안 믿어 주니까 그렇죠. 저요? 저는 아예 다른 회사 직원이죠. 혹시 '닥터 제임스'라고 아세요?

— 보조 다리 빠진 거는 다시 껴 주시면 돼. 응응, 원래 탈부착 가능하게 나오는 거고요. 처음에 드린 충전선 잃어버리셨으면 새로 사지 말고…… 어머니 핸드폰 뭐 쓰세요? 삼성이죠. 그럼 그걸로 충전하셔도 돼요. 네네, 구멍 똑같아요.

── 아, 그건 아드님이 잘못했네. 근데 어머님도 너무 그러진 마세요, 저한테는 이렇게 잘해 주시면서. 딱 저한테 하시는 것처럼 저녁에 다시 말해 보세요. 네네, 네…… . 아이, 저도 다 그렇죠. 부모님이랑 맨날 싸우죠. 근데 쌀통은 이제 잘되세요? 아유 좋다. 그럼 비싼 돈 주고 산 건데 잘돼야죠. 네, 들어가세요. 햇빛 너무 심할 땐 밭에 가지 마시고요.

지구는 점차 능숙해지다 마침내는 쌀통 고객님들과 능수능란 사담을 나누는 지경에 이르렀다. 이제 전화를 거는 쪽이든 받는 쪽이든 더 이상 쌀통이 중요하지도 않아 보였다. 톡을 보내 "너 뭐 하니?" 문자 자기도 멋쩍은지 'ㅋㅋㅋㅋㅋㅋㅋ'의 향연이 돌아왔다.

오지구 [저번에 혜은 씨 하는 말 들으니까 우리 할머니 생각나서 마음이 안 좋더라고. 우리 할머니도 한글 못 배워서 엄청 고생했거든.]

김다정 [대신 너희 할머니는 미국 사시고 영어 잘하시잖아…….]

오지구 [어쨌든 뭐……. 나쁜 뜻으로 전화 거는 것도 아니고. 그리고 쌀통 회사 아니라고 우기는 것보다 그냥 해결해 주는 게 나아. 그러면 한 사람이 계속 화내는 일은 없거든.]

김다정 [근데 너 통화 자체를 싫어하지 않았냐?]

오지구 [원래는 가족이랑도 잘 안 하는데, 요즘은 강제로 연습이 돼서 괜찮아졌어. 그리고 할머니들 말하는 거 잘 들어 보면 되게 재미있어.]

김다정 [너 제법 쌀통 회사 직원 같네……. 근데 뭐 알고 대답하는 거야? 뚜껑이 어쩌고 충전이 어쩌고 이런 걸 어떻게 다 알아?]

오지구 [저번에 한번 쌀통맨한테 자주 들어오는 질문 싹 물어봤어. 그 사람한테 들은 대로 대충 말하는 거지.]

김다정 [근데 막 반말하고 그래도 뭐라 안 해?]

오지구 [사람 따라 다른데 오히려 그런 말투를 좋아하는 분들이 있어.]

김다정 [개웃기네ㅋㅋㅋㅋ]

*

한 계절 동안 이어지던 쌀통 콜은 결국 그 회사 측 상세 페이지가 수정되며 멈추었다. 그러나 아주 가끔씩은 지구와 유독 친해진 할머님 몇몇이 안부 전화를 걸어왔다. 어떤 사람은 마침내 오해를 풀고, 우리 회사 게시판에 찾아와 지구를 칭찬하는 글을 쓰기도 했다. 오지구라는 직원에게 뭔가를 물어볼 때마다 귀찮아하는 내색 없이 몹시 친절하게 응대를 해 주더란 얘기였다. 박국제는 주간 회의 시간에 우리를 모아놓고 다들 지구를 본받으라며 공을 치하했다. 우리는 박국제에게 들키지 않도록 몰래 웃으면서 박수를 쳤다. 박국제는 영원히 그 사람들이 우리 고객 아니라는 사실을 알지 못했다.

16화

/

어느 날 대표가 안마 의자를 사 왔다

박국제가 일련의 쌀통 소동을 눈치조차 채지 못한 이유는 그의 썩어 빠진 근태 때문이었다. 서울 한복판에 있던 사무실을 경기도 외곽으로 옮긴 후, 박국제는 눈에 띄게 뺀질거리기 시작했다. 예전에는 뺀질거리면서도 11시경에는 출몰하곤 했는데 요즘은 아예 안 나오는 날도 있었다. 그렇다고 마이크로 매니징을 멈춘 것은 아니었다. 나타나지 않는 만큼 전화나 카톡으로 닦달하는 횟수가 늘었고 우리의 스트레스 총량은 오히려 증가했다. 수진 언니가 비밀리에 전해 준 말로는, 박국제가 사무실 CCTV 설치를 알아보라는 말까지 했단다.

하지만 그것은 불법이었다. 우리는 너무나 기가 차 박국제를 한층 더 증오하게 되었다. 사무실 위치가 비효율적이라는 사실에 대해서는 이사 전부터 몇 차례 건의한 바가 있었다. 그럼에도 공간 대비 저렴한 월세에 군침을 흘리며 강행한 대가가 이거였다.

철없고 독선적인 데다, 이기적이기까지 한 박국제. 나는 마흔 넘어서까지 인격을 완성하지 못하면 돈을 펑펑 써도 사람이 떠난다는 걸 박국제에게서 배웠다. 놈은 너무나 주변머리가 없어서, 흔히 말하는 '스몰토크'와 'TMI 폭격'을 구분하지 못했다. 어떤 질문은 관심이 아니라 무관심만을 드러낸다는 것조차 몰랐다. 예를 들자면 이런 거였다.

박국제는 우리에게 괜시리 "김다정이, 네가 지금 몇 살이지?"라는 식의 질문을 건네곤 했는데, 매일 똑같은 질문을 하면서 대답을 기억하지는 않았다.

— 저 스물일곱 살이요.

— 아, 좋을 때네. 한창 좋을 때야.

— 대표님도 스물일곱 때 한창 좋았나요?

맹세컨대 이건 공격이 아니었다. 나는 이 주제를 빨리 해치우고 자리로 돌아가고 싶을 뿐이었다. 하지만 박국제는 침울한 표정을 지었다. 박국제가 침울하면 나도 곧 침울해질 수밖에 없었다. 우리의 불필요한 교감이 길어지기 때문이었다.

— 아니. 나 그때 공익 간 거 알지? 내 친구들은 이미 다들 삼성이나 현대 들어가서……

명문대 동기들이 아직까지도 잘 다니는 삼성, 현대를 그는 반년도 못 채우고 뛰쳐나왔다. 박국제가 말하기로 대기업을 그만둬야 했던 이유는 100개가 넘는다. 어떤 일에 그만큼이나 이유가 많다는 건 그중 95개는 핑계라는 의미였다. 남의 회사에서 도망친 박국제가 자기 직원이 퇴사할 땐 예의가 없니 열정이 없니 노발대발하는 게 웃긴 일이었다.

그러나 정말 참을 수 없는 것은 따로 있었다. 저번에 다 같이 차의현을 목격한 뒤로 은근슬쩍 본인의 젊은 시절을 차의현에게 비비는 행위였다. 비빔밥도 어울리는 재료끼리 비벼야 맛이 나는 법인데 차의현과 박국제를 비비자니 그것은 괴식이었다.

그러나 나는 신께 창피하게도 가끔씩 박국제의 망언을 긍정해 주었다. 아무리 나라도 "대표님이 차의현을 닮았었다고요? 차의현이 들으면 개빡쳐서 은퇴하겠어요."라고 할 수는 없었다.

'예수님, 제 거짓말엔 천벌이 아니라 봉사 수당이 붙어야 합니다. 저를 지옥에 보내시려거든 부디 제 앞의 뻔뻔한 아저씨를 먼저 보내 주세요.'

박국제 덕분에 난 믿지도 않는 예수님을 자주 찾게 되었다. 박국제를 응징할 수만 있다면 예수나 부처보단 훨씬 생소한 알라신도 한 번 믿어 볼 용의가 있었다.

어느 날엔 예수님의 응답처럼 초인종이 울렸다. 사무실 문을 열자 뜬금없이 거대한 안마 의자 두 대가 보였다. 정확히는 배송 기사가 안마 의자를 이고 지고 우리 회사를 찾은 것이었다.

— 대표님? '굿바디체어' 기사님이 오셨는데요.

멀찍이서 빼꼼 방문객을 엿보던 박국제가 반색을 하고 튀어나왔다. 둔중한 안마 의자들 곁을 기웃대며, 어떤 게 '프레지던트'고 어떤 게 '엘리자베스'냐고 물었다.

— 프레지던트는 대표실로, 엘리…… 뭐랬지? 나머지는 직원 휴게실에 대충 놔 줘요.

그러고선 대표실로 홀랑 들어가 새 안마 의자 놓을 자리를 궁리하는 것이었다. 상황을 모르는 와중에도 '프레지던트'라는 모델명이 박국제에게 대단히 고양감을 줬다는 건 알 것 같았다. 주제에 '회장'을 고르다니…… 쟤는 참 지치지도 않고 갖은 망신을 자초하지……. 나는 조소했다. 심지어 박국제의 대표실에는 이미 '나이스 가이'라는 이름의 멀쩡한 안마 의자가 설치되어 있었다. '굿바디체어' 제품은 아니었지만, 그에 준하는 고급품이었고 신형이었다. 설마 차의현이 광고한다고 굳이 '프레지던트' 모델을 또 고른 건가 싶기도 했다.

설치가 끝난 후, 박국제는 우리를 불러 모았다. 우리 몫으로 배치한 '엘리뭐랬지나머지'가 스타트업에선 드문, 독보적이고 너그러운 복지라며 떵떵거렸다. 난 다른 회사를 다녀 본 적이 없어 직원 복지의 개념을 몰랐지만, 온몸이 늘 뻐근했기에 일단은 기뻤다. 우리에게 보급형 모델을 준들 어떤

가? 어차피 나의 여린 마음과 근육은 엘리자베스로도 충분히 풀릴 것이었다.

하지만 스타트업 복지의 맹점은 생성만 되고 아무도 즐길 수 없다는 거였다. 나를 포함한 직원들은, 새 친구 엘리자베스를 오래 바라'만' 보았다. 박국제가 업무 시간에 엘리자베스에 앉는 행위를 매우 언짢아했기 때문이었다. 조금 지나니 업무 시간 외에 앉는 것도 눈치를 주었다. 점심시간에도 얄짤없었다. 공적으로 280만 원을 쓰고 그렇게 많은 욕을 먹은 사람은 박국제가 처음일 것 같았다.

누군가 안마 의자에 앉아 있으면 박국제는 이렇게 빈정거렸다.

—너 한가한가 봐?

—우리 회사 일은 김다정이가 다 하나 보네. 안마 의자를 김다정이만 쓰잖아.

그러다 또 어느 날은 정반대의 측면에서 성질을 냈다.

—야! 기껏 사다 줬는데 아무도 안 쓰냐? 하여튼 니들한테는 뭘 해 줄 필요가 없어. 내가 돈이 썩어나는 줄 알아? 다 니들 생각해서……

놈의 생트집을 듣고 있자면 주먹으로 말대꾸하고 싶다는 생각이 절로 들었다. 하지만 첫단추부터 잘못된 나의 커리어를 더는 망칠 수 없었다. 박국제가 오락가락할 때마다 직원 단톡방도 요동쳤다.

김다정 [지독한 새끼 그래서 안마 의자를 쓰라는 거야, 말라는 거야?]

조혜은 [전 이제 저희 집 안마 의자만 봐도 심장이 내려앉을 지경이에요……]

오지구 [박이랑 안마 의자 둘 다 진공 쌀통에 봉인해 버리고 싶네.]

이수진 [저래서 CCTV 어쩌구 했나 봐. 누가 안마 의자 제일 많이 쓰나 감시하려고.]

나는 점차 짜증이 났고, 궁금해졌다. 박국제가 안마 의자에 왜 이리 집착하고, 또 분노하는 것인지. 새대가리 대표가 까먹는 것도 까먹고 저러는 덴 분명한 동기가 있을 것이었다.

진실은 의외의 곳에서 밝혀졌다. 점심을 먹고 나 혼자 비상계단에서 식후땡을 도모할 때였다. 윗 계단참에서 인기척이 들려왔는데 아니나 다를까. 유달리 기세가 흉흉한 박국제였다. 나는 잽싸게 반 층 아래로 도망쳤다. 너무 놀란 나머지 발소리를 숨기지 못했는데 나보다 박국제가 더 쿵쾅쿵쾅 발을 굴러 내 소리가 묻혔다. 이윽고 박국제의 말소리가 들려 왔다.

── 왜 이렇게 통화가 어려워? 결제 끝났으니 입 싹 닦겠다 이거야? 내가 한 매니저 기 살려 준다고 필요도 없는 안

언러키 스타트업

마 의자를 두 대나 샀는데 이게 뭐야. 돈이 650만 원인데!

잘 들리지 않았으나 상대방 측에서 뭐라 뭐라 변명을 하는 듯했다. 목소리로 보아 젊은 여자 같았다.

—— 한 매니저가 바빠 봤자 나보다 바빠? 엉? 부담스럽다니. 누가 보면 내가 작업이라도 거는 줄 알겠네. 어이가 없어서.

'으악, 또야?'

—— 내가 바보인 줄 알아? 그놈의 차의현 소리는…… . 됐어요. 됐고요. 나는 간만에 좋은 인연 만났다 생각했고요. 한 매니저 생각은 그게 아니었고. 네네네네, 우리 여기서 끝내죠. 차단합니다.

박국제가 일방적으로 통화를 끝내려는 모양이었다. 나는 슬로모션으로 토끼뜀을 뛰며 반 층을 더 내려갔다. 비상계단을 벗어나 여자 화장실로 뛰어 들어간 후에야 굽은 몸을 펼 수 있었다.

박국제가 또 혼자만의 실연을 당한 모양이었다. 누가 봐도 비즈니스 종료지만, 박국제만은 오래도록 이 사건을 불발된 로맨스로 기억할 것이었다. 허풍에 풍화되고 시간에 퇴색되어 몇 달 후엔 본인이 한 매니저를 찬 것처럼 우리에게 떠벌거릴 얘기였다.

굴욕의 엘리자베스는 얼마 후, 또다시 갑작스레 들이닥

친 기사에 의해 박국제의 누님네로 떠나 버렸다. 우리를 위한 복지라더니 한마디 언질도 없었다. 나는 누나에게 전화를 걸어 깜짝 선물인 척 꼴값을 떠는 박국제를 보며 혀를 끌끌 찼다. 그의 비겁한 모습은 이 졸렬왕국의 프레지던트로서 손색이 없었다.

17화

/

캘리그라피학과 아니라고요

—— 대표님, 회의 시작하시죠.

—— 야, 대표실 말인데, 너무 허전하지 않냐?

입이 비뚤어져도 말은 바로 해야 하는 것 아닌지. 사무실에서는 오로지 박국제의 대표실만 술탄이 사는 곳 같았다. 그 꿀돼지옥에는 우리가 생일 선물로 갖다 바친 난초가 있고, 프레지던트 안마 의자가 있고, 그보다 웅장한 회장님 책걸상이 있고…… 심지어 박국제 본인도 있었다. 꽉 찼는데 뭐가 비었다는 건지 모를 일이었다. 하지만 놈이 있는 걸 없다 하거나, 없는 걸 내놓으라 하는 일은 너무 흔했다. '넵 넵 그러시군요' 넘기는데 다음 말이 가관이었다.

—— 김다정이 전공이 캘리그라피랬지?

—— 아니요, 저는 문창인데요.

—— 문창이 뭐야?

—— 문예창작과요.

—— 나 액자 하나만 써 줘. 캘리그라피로.

'아니라잖아, 망둥이 같은 새끼야.'

— 대표님…… 저는 글씨 쓰는 과가 아니고 글 쓰는 과
였다니까요.

— 그게 그거 아니야?

— 아니죠.

하지만 3분 후, 나는 빌어 처먹을 박국제의 좌우명을 낱
낱이 받아 적고 있었다.

— 이, 겨, 내, 야, 할, 시, 련, 이, 많, 아, 행, 복, 하,
다……. 열네 글자. 맞으시죠?

— 흠. '이겨 낸 시련이 많아 강해졌다.' 이건 어때?

— 아주 조금 거만해 보일 수도 있을 것 같아요. 물론
대표님은 거만해도 되는 분이지만요.

— 그럼 '이겨 낸 시련이 많아 약해졌다.' 이거는?

— 하지만 대표님은 강한 분이니까 적합하지 않은 것
같아요.

— 아잇! 어쩌자는 거야?

초 단위로 바뀌는 것이 어째서 좌우명인지, 이겨 낸 것도
없으면서 왜 거짓말이신지 궁금했지만 물어볼 순 없었다. 심
지어 그는 시련을 감사히 여기지도 않았다. 궁핍한 자존심
에 모기라도 물리면 직원들을 박박 긁어 자기만 시원한 상
태로 돌아가는 인간이었다. 내가 본 것은 시련을 이겨 내는

171

박국제가 아니라, 시련 아닐 것들을 기어코 시련으로 만들고야 마는 박국제뿐이었다.

　나중에 알게 된 바로는 내 실력을 믿고 서예가 역할을 맡긴 것도 아니었다. 전문가 견적을 알아본 후, 너무 비싸니까, 지나가던 나를 캘리그라피과 졸업생으로 모함한 정황이 있었다. 별로 슬프지도 않았다. 이미 이런 식으로 떠맡은 잡무가 셀 수도 없이 많았다.

　졸지에 캘리그라피 쓰는 일이 우선 업무가 되었다. 큰일이었다. 나는 손재주가 없어 글씨마저 악필이었기 때문이다. 게다가 마땅한 도구도 없었다. 내가 가진 거라곤 마우스와 키보드, 달구지처럼 덜덜거리는 컴퓨터와 불법 포토샵 프로그램뿐이었다.

　우선은 기본 중의 기본, 그림판 프로그램을 열고 마우스를 다잡았다. 간신히 '이겨'까지 써 보니 절대 가망이 없다는 것만 확실해졌다.

　그림판을 껐다.

　다음으로는 폰트 사냥을 나섰다. 너그러운 인터넷 세상에서 획이 굵고 자유분방하면서도 절제미가 돋보이는 몇 가지 글씨체를 획득할 수 있었다. 이때 나는 박국제에게 미적 감각이 없다는 사실을 너무 믿는 실수를 저질렀다. 궁서체를 비롯한 열 가지 서체로 시안을 인쇄해 갔으나 욕만 먹고 말았다.

── 김다정이 너 진짜! 이거 네 손으로 쓴 거 아니잖아! 내가 모를 줄 알았어? 모를 줄 알았냐고!

당연히 모를 줄 알았다. 하지만 그는 알았고…… 뒤늦게 내가 쓰는 것보다 기성 폰트가 훨씬 나을 거라 읍소해 보았지만 소용이 없었다. 박국제는 내가 사사건건 자기를 놀리고 기만한다며 길길이 날뛰었다. 그 말은 맞기도 하고 틀리기도 했다. 궁서체가 나의 최선이었으나, 나는 이전에도 그를 놀리다 걸린 적이 몇 번 있었다.

소득 없이 돌아와 진짜 레퍼런스를 찾기 시작했다. 시간이 너무 지체된 참이었다. 박국제는 뭘 시키든 그날 안에 결과물을 받아 봐야 하는 희귀병에 걸려 있었다. 이 병의 이름을 '스타트업 ASAP 병'이라 할 수도 있겠다. 그 병의 부작용은 일이 안 끝날 시 퇴근 후에도 지속적인 독촉 카톡을 보내는 것이었다. 그런 일이 벌어지면 나 역시 병적으로 화가 나기 때문에 빠르게 쳐낼 필요가 있었다.

다행스럽게도 유료 이미지 사이트에 고화질 캘리그라피 이미지가 몇 개 있었다. 내가 떠맡은 거지 같은 문구와는 전혀 달랐지만, 일단 다운받고 분해를 시작했다. "행복하세요."라는 문장에서 ㅎ과 ㅐ와 ㅇ, ㅂ과 ㅗ와 ㄱ 등등을 떼어 내 낱자로 저장하는 식이었다. 그리고선 "이겨 내야 할 시련이 많아 행복하다."라는 문장으로 하나하나 재조립하면 완성이었다. 정말 무의미하고 원시적인 작업이었다.

만약 박국제가 두 번째에 만족했다면 내가 그를 개새끼라 부를 일도 없었을 것이다.

그는 내가 다시 가져간 작업물을 꼼꼼히 살펴보았다. 아마 마음에 든 것 같았다. 반응이 나의 성실성과 정직함에 대한 비난으로 전환되었기 때문이었다.

— 하여튼 김다정이 뺀질거리는 건 알아 줘야 돼. 하니까 되잖아, 캘리그라피? 어린 게 안 된다는 말이 입에 붙었어. 문제야, 문제.

분노가 치밀어 올랐지만, 난 턱 힘을 조용한 콧김으로 승화시키는 데 익숙해져 있었다. 속마음을 숨기고 박국제가 팽개친 상식을 주섬주섬 챙길 줄도 알았다.

— ……그런 게 아니고요…… 저는 정말 캘리그라피를 못한다니까요. 이것도 인터넷에 있는 거 짜깁기한……

— 쯧쯧! 됐고 비슷한 거 몇 개 더 가져와. 최대한 빨리!

어휴 저걸 콱……. 그러나 나는 찍소리 않고 그다음 날까지 할애해 놈이 그렇게 부르짖던 캘리그라피를 몇 개나 더 해냈다. 마침내 박국제를 만족시켰기 때문에, 들을수록 빡치는 칭찬들이 덤으로 따라붙었다.

— 이거 김다정이가 한 캘리그라피인데, 아마추어 티가 나긴 해도 어쩌겠어. 진짜 아마추어인데. 깍깍깍깍!

— 제가 쓴 게 아니고…….

— 야, 너네 과에는 너보다 잘하는 애들도 쎄고 쎘지?

— 애초에 저는 캘리그라피 배운 적이 없다니까요.

— 성격 차암 특이해? 칭찬을 해 주려고 해도 정이 안 가요.

나는 마침내 모든 전의를 상실하고 회사 내 유일한 한석봉이 되는 수치를 받아들였다. 웃긴 것은 박국제가 결국 그 캘리그라피를 대표실 벽에 걸지도 않았다는 거였다. 그의 마음은 야바위꾼의 농간처럼 획획 바뀌니까, 왜 안 걸었는지는 모른다. 어쨌든 그는 캘리그라피 사건 자체를 잊었다. 그러나 다음 회의에서는 이틀 동안 아무 일도 안 하고 뭐 했냐며 나를 혼내 나만은 절대로 잊을 수가 없었다.

캘리그라피 소동은 종종 나를 용감하게 만들었다. 박국제가 매출이 줄었다며 징징거릴 때마다, 사무실 전기세 폭탄을 맞고 뒷목을 잡을 때마다, 그냥 기분이 안 좋거나 밥 먹고 체할 때마다 내 입에서 불쑥 이런 말이 나오는 것이었다.

— 이겨 내야 할 시련이 많으신데…… 왜 행복하지 않으세요?

— 뭐? 너 지금 뭐랬어?

— 죄송…… 실언이에요.

— 이수진 과장 너는 애들 관리를 어떻게 하길래 쟤가 맨날 대표한테 도끼눈을 뜨고 덤벼? 어? 오지구 너 웃어? 니들 다 미쳤어?!

불똥이 수진 언니에게 튀니까 자주 하진 못했지만 저 대사를 내뱉을 때마다 난 희열을 느꼈다. 콩알만 한 기쁨으로 큰 모욕들을 견뎌 가며, 썩어 빠진 주니어로 성장했고, 하루하루 착실히 성격을 베려 갔다. 현명한 짓은 아니었지만 가끔씩 들이받지 않으면 그가 군림하는 지옥을 견디기 힘들었다.

18화

/

경력직 신입 임보정의 등장

직장인의 행복은 어디에 있는 걸까? 이 질문을 하면 수진 언니나 지구는 '월급날'이라고 말한다. 혜은 씨는 단연코 '주말'이란다. 그러나 돈은 사라진다. 주말은 반드시 일요일을 동반하기에 잠깐의 응급처치에 지나지 않는다. 내 생각에 직장인이 행복을 감지할 때는 더 불행한 나락으로 처박혔을 때뿐이다. 불행의 끝까지 내몰려 그나마 살 만했던 과거를 복기할 때. '차라리 예전이 나았지.'라는 너절한 그리움 속에서만 행복이란 허상을 맛볼 수 있다.

내게 이러한 진리를 가르쳐 준 것은 천하의 망나니 박국제도 우리 회사 최고의 현자 수진 언니도, 사차원 단짝 지구도, 귀엽고 해맑은 혜은 씨도 아니었다. 갑자기 어디선가 뚝 떨어진 중고 신입 임보정 씨였다. 임보정 씨는 박국제 특유의 MBTI 압박 면접을 만점으로 통과한 인재였는데 (바로 그 이유로 인재일 수 없다는 걸 알아차려야 했다.), 무슨 요술을 부린 건지 첫 출근도 하기 전부터 박국제의 기대와 편애가 대단했다.

임보정 씨의 채용이 결정된 후 나는 수시로 박국제의 대표실로 불려가 들볶였다. 박국제는 새 직원 굴려 먹을 생각에 셈이 바쁠 뿐이면서 내게 관리자로서의 도약 기회를 준다는 듯 시혜적으로 굴었다.

— 김다정이, 잘 들어. 이번 신입 너네 팀에 붙여 주는 게 어떤 의미인지 알지?

물론 나는 몰랐다.

— 막말로 우리끼리 하는 얘긴데.

'막말이면 제발 하지를 마라, 이 새끼야.'

— 김다정이도 언제까지 시다 노릇만 할 수는 없잖아. 솔직히 이수진 과장? 훌륭하지. 우리 회사 일이란 일은 걔가 다 하잖아. 오지구는 미국 물 원샷하고 못 읽는 잉글리시가 없어. 근데 김다정이는 언니들 같지 않고 애매한 구석이 있어.

— 저 지구랑 동갑인데요.

— 그딴 게 중요해? 이제 날아갈 때라는 게 중요하지!

— 네에, 뭐…….

— 사실 회사 상황은 좋지 않아. 이사하느라 있는 돈 없는 돈 다 털었고, 유지비도 상상 초월이고. 너희들 인건비는 아휴, 말을 말자. 그치만 나는 말야. 그럼에도 우리 다정이한테 투자를 해 볼까 해.

— 헉! 설마 성과급?

— 성과가 없는데 무슨 성과급이야? 광고 말이야. 우리도 브랜딩 차원의 광고를 시작할 때가 된 거지. 네가 봐도 이제 블로그 바이럴이나 할 사이즈는 아니지 않니?

— 그럼요, 그럼요. 근데 진심…… 이시죠? 대표님은 '0원 마케팅 파'잖아요.

— 생각해 보면 다 언론사 장난질인 것 같아. 필라앤테스파에서 그 기사 내리려고 돈을 얼마나 썼겠어? 그러면서 무슨 0원 마케팅은…… 쯧쯧.

— 저도 그렇게 생각해요. 광고비를 안 주고 광고를 해내라는 게 직원 입장에서도 굉장히 막막하달까, 쌀도 안 주고 밥을 지으라는 말 같아서.

— 그래. 그러니까 신입 들어오면 김다정이가 책임지고 브랜딩 기획해 봐. 근데 걱정이 되긴 해. 김다정이, 전공도 아닌데 브랜딩 PM 할 수 있겠어?

— ……할 수 있어요!

사실 내가 할 수 있을지는 박국제도 나도 신도 몰랐다. 그러나 순간 촉이 바짝 왔다. 이것은 할 수 있느냐 없느냐의 문제가 아니었다. 해내야만 했다.

— 안 그래도 새로 올 친구가 아주 물건이야. 그 집안 자체가 광고계에서는 힘깨나 쓰나 보던데.

— 그러면 예산 집행 규모는요? 어느 정도까지 생각하시는데요?

── 당연히 TV CF까지지. 신입 출근하는 대로 요즘 핫한 애들 몸값부터 쫙 리스트업하라고.

── 네! 알겠습니다. 대표님!

박국제의 혼탁한 눈이 드물게 결의로 빛나고 있었다. 캘리그라피 사건 이후 집에서 깡소주를 까며, 다시는 인두겁을 쓴 사탄 박국제를 사람 취급 않겠다고 다짐한 나였다. 앞으로는 영혼 없이 출퇴근이나 하며 월급이나 축내 주겠다 씩씩대기도 했다. 그러나 나는 내가 맡을 대형 프로젝트를 상상하며 영락없이 고무되고 말았다. 임보정 씨가 어떤 사람인지는 몰라도 큰 힘이 되리라 생각했고, 하루빨리 그를 만나 의기투합하고 싶었다. 박국제가 일러 준 대로라면 당장 사흘 후 월요일이 보정 씨의 첫 출근 날이었다.

나는 주말 동안 거금을 들여(박국제에게 요청하자 넌 내가 도서관으로 보이냐는 일갈이 돌아왔다.) 온갖 마케팅, 브랜딩 관련 도서를 사 모았다. 열아홉 때의 수능 시즌보다 지금이 훨씬 절박했다. 이것은 수진 언니나 지구의 개입이 없는, 온전한 '나의 일'이었다. 일다운 일, 고생스러워도 기쁜 일, 진심으로 몰두할 수 있는 일. 무척 소중한 느낌이라 생각했고, 이 순간만큼은 박국제에게도 진심으로 고마웠다.

── 안녕하세요. 임보정이라구 합니다아! 앞으로 잘 부탁드려여.

첫 출근 날, 자기소개를 하는 보정 씨를 보았을 땐, 솔직히 의외라고 생각했다. 내 상상 속 보정 씨는 강서경 대리와 비슷한 이미지였다. 그러나 실제로 만나 본 보정 씨는 스타일링부터 앳된 느낌이었다. 샛노란 헤어밴드에 같은 색 미니 원피스를 걸치고, 걸을 때마다 따각따각 소리가 나는 플라스틱 뮬을 신은 탓이었다. 허리까지 늘어뜨린 진갈색 머리카락과의 대비 때문인지 그는 걸어 다니는 해바라기 꽃다발처럼 보였다.

그러나 옷이나 말투는 하등 중요하지 않았다. 막말로 난 보정 씨가 사람 혼령이 씌인 포테이토칩이라도 상관없었다. 전국 대학생 광고 아이디어 대회에 몇 번이나 입상했다는 보정 씨, 작년에 런던 어학연수를 마치고 올해 상반기엔 대기업 인턴을 수료했다는 보정 씨, 인턴십 성적이 월등히 좋아 결국 계약직 제안을 따냈지만, 대기업에 안주하기보단 도전을 택하려고 스타트업에 왔다는 보정 씨. 나는 바로 그러한 보정 씨에게 기대가 컸다.

이제 나는 중간에 흐지부지 끝나 버리는 일들에 넌덜머리가 났다. 박국제가 내게 대놓고 '애매하다'고 야유하는 이유도, 지구와 동갑인 나를 굳이굳이 막내 취급하는 이유도, 내가 보통 회사에서 갖다 버린 일만 맡기 때문이었다. 출격 명령도 후퇴 지시도 박국제가 내리는 거지만, 시간이 지나면 실패의 책임과 질책이 전부 내 몫으로 남았다. 시간이 더 지나면 나는 어느새 긴 시간 아무것도 안 하고 놀기만 한 사람이 되어 있었다.

나는 첫날부터 단 10초도 긴장을 풀지 않으며 보정 씨와 잘 지내려 애썼다. 그런데 간단하게나마 업무를 맞춰 본 보정 씨는 들은 것과 많이 다른 사람이었다. 컴퓨터 관련 자격증이 무수하다더니 독수리 타법을 썼고, 대기업 광고 기획 파트에서 인턴을 했다면서 'CPC'나 'CPM' 같은, 아주 기본적인 광고 용어들을 헷갈렸다. 게다가 너무, 자주, 많이 아팠다. 대체 얼마나 아픈 건지 제시간에 출근하는 날이 드물 정도였다.

──보정 씨, 엑셀 파일에 함수 적용이 하나도 안 되어 있네요. 그럼 이 데이터 어떻게 기입하신 거예요?

──앗……. 엑셀이 짭이라 에러가 너무 나서. 급한 대로 제가 계산해서 썼어여.

──200열이나 되는데. 그 숫자들을 전부 손으로 쳤다고요? 계산은 어떻게 했는데요?

──아이폰에 계산기 있잖아용.

— 보정 씨 토익 950 넘는다고 들은 거 같은데…… 혹시 이 부분 한 문장만 봐 줄 수 있어요?

— 어어, 요즘 파파고 되게 잘돼 있는데. 한번 돌려 봐여!

— 보정 씨. 배우들 광고료 이거 정확한 거예요? 도지민은 이미 800만 영화 몇 개나 찍은 한류 스타고 우연진은 작년에 데뷔한 조연급 신인인데 두 사람 몸값이 200만 원 차이라구요?

— 거기 그렇게 써 있으면 맞지 않을까여?

— 이거 정확하진 못해도 근사치로는 뽑아 가야 돼요. 모델료에 따라 프로젝트 전체 규모나 여유 예산이 달라지는데요.

— 근데 배우들 광고비 맨날 바뀌어요. 그거 정확히 아는 사람 아무도 없는데.

— 광고비가 횟집 시가도 아니고 어떻게 매일 바뀌어요.

— 저 인턴할 때도 그랬고. 와이넷 쳐 봐도 말이 다 달라서.

김다정 [보정 씨, 어디 계세요? 대표님이 급하게 회의 좀 하자네요.]

임보정 [ㅠㅠ뉴뉴ㅜㅠ저 일잇어서 잠깐나왓다가 삼실 가는중이영!ㅠㅠㅠ]

김다정 [네? 근무시간인데 말도 없이 나가셨다구요?]

임보정 [은행 ㄸㅑㅁㅣ애..ㅠ 근뎅 삼실근처에ㅓ 제가쓰는은행이없어서 쫌 멀리와써여ㅠㅠㅜ]

김다정 [아 일단…… 얼마나 걸리시는데요?]

임보정 [택시가안잡히네영ㅜㅠ흐규;;;;..]

김다정 [그럼 자료라도 먼저 넘겨 주세요. 회의는 저 혼자 들어갈게요.]

임보정 [감사감사염ㅠ근데자료눈 제컴에잇긴한데……가서드릴깨요;;ㅠㅠㅜ!]

김다정 [시간 없어서요ㅠㅠ그냥 제가 가져갈 테니 파일 위치만 알려 주세요!]

임보정 [아근데제가 남이 제컴 보는거 진짜 싫어해오ㅛㅇ!]

김다정 [보정씨 저도 보고 싶지 않은데, 지금 그럴 때가 아니에요 뭐 안 눌러 볼게요 절대]

김다정 [PC비번 뭔가요?]

김다정 [빨리요 회의 5분 전이에요 대표님이 막 찾아요]

김다정 [보정씨]

김다정 [저기요]

김다정 [???]

내 톡을 전부 씹은 보정 씨는 정확히 37분 후 손에 웬 쇼핑백을 쥔 채 헐레벌떡 나타났다. 내가 이미 보정 씨 몫까지 뒤지게 혼나고 난 후였다. 도저히 참을 수가 없어서 그를 탕

비실로 데리고 들어갔다. 흥분과 불쾌로 심장이 쿵쾅쿵쾅
뛰었다. 사람이 덜된 건지 날 우습게 보는 건지 별생각이 다
들었다.

　── 보정 씨, 뭐 하자는 거예요. 설마 쇼핑하고 오신 거
예요?

　── 은행 들르긴 들렀어요! 그리고 쇼핑 아닌데에.

　── 그럼 들고 있는 건 뭔데요.

　── 이거는 사실…… 당근이에요. 급한 거라 물건만 빨
리 받고 오려고 했는데 당근 하시는 분이 늦어서…….

　── 대체 뭔데 그렇게 급하셨을까요?

　── 다이슨 에어랩이용! 80만 원짜린데 미개봉 신품을
55에 판다는 거예요!

　보정 씨가 그 다이슨으로 나를 한 대 내리쳐도 이것보다
띵하진 않을 것 같았다.

　── 죄송한데 그걸 지금 말이라고 하시나요?

　── 그럼 25만 원 벌 기회를 눈 뜨고 놓쳐요? 회사니까?

　이때 나는 처음으로 보정 씨의 진짜 목소리와 말투를
들을 수 있었다. 흐늘거리는 애교를 걷어 내니, 목소리가 꽤
낮고 말투도 냉랭한 편이었다. 한 방에 느낌이 왔다. 잘못 얽
혔다간 얘가 내 인생에 심각한 손해를 주리란 예감이었다.
그런데 나도 화가 났다. 내가 또 박국제의 호언장담을 믿고

이 회사에 희망을 걸다 실망 중이라는 게 바보 천치 같았다. 보정 씨가 오기 전 품었던 기대감이 역풍처럼 내 안에 휘몰아쳤다. 손목에서 진동이 붕 울렸다. 애플 워치가 심장 박동 상승 경고를 보내는 것이었다. 하지만 나는 심호흡이나 하는 대신 주먹을 쥐었다.

　　— 보정 씨, 며칠 동안 계속 거슬렸던 건데. 왜 잘못하고도 사과를 안 하세요?

　　— 저요? 제가 언제요?

　　— 처음이라 잘 모르는 것까지는 이해할 수 있어요. 근데 인간적으로 미안해야 하는 지금 같은 순간에도 미안하단 말을 안 하잖아요.

　　— 아닌데, 했을 텐데?

　　— 아니, 아닌 게 아닌데? 안 했는데?

　　이제 보니 그를 착한, 약한, 귀여운 사람 등으로 해석했던 나 자신이 허무해질 지경이었다.

　　— 보정 씨가 자기 컴퓨터 보는 거 싫어하듯이, 저도 기본도 매너도 없는 행동 싫어한다구요. 저한테 본인 모니터 보여 줄 생각 없죠? 그럼 제가 보고 싶을 일이 없도록 해 주시면 될 거 같아요. 알아들으셨죠?

　　— …….

　　— 이제 근태부터 제대로 지켜 주세요. 보정 씨 오신 지 얼마 되지도 않았는데 지각도, 자리 비움도, 병원, 동사무

소, 은행 방문도, 부모님 간병도 너무 잦아요. 자꾸 자리 비우시니까 회의 펑크나고 결과물 공유도 늦어지잖아요.

— ……다 알겠는데, 사람 아픈 거 갖고 시비 거는 건 너무하지 않아요? 심지어 부모님이 아프시다는데.

— 시비라니요. 공과 사는 구별하자는 거죠. 그리고 부모님 얘기 꺼내신 김에 짚고 넘어갈게요. 어떻게…… 세상 어떤 부모님께서 그렇게 자식한테 유리하게끔 아프실까요. 월요일 아침, 금요일 저녁에만 어머님과 아버님이 편찮아지시는 그 병이 대체 뭔데요? 상식적으로요.

— …….

보정 씨는 고개를 숙인 채 말이 없었다. 반성의 의미는 전혀 아니고, 탕비실 구석에 놓인 손거울을 통해 나를 노려보는 중이었다. 거울로 내가 보이면 나한테도 제가 보이리란 생각까진 못 하는 것 같았다.

— 그리고 왜 통장 사본만 제출하시나요. 분명히 졸업증명서랑 경력증명서도 안내해 드린 걸로 기억하는데요. 늦어도 다음 주까진 꼭 가져다주세요. 아까 톡으로 요청한 파일도 지금 당장 보내 주시고요.

나는 입술을 꾹 깨문 보정 씨를 지나쳐 내 자리로 돌아왔다. 이어서 보정 씨도 탕비실을 벗어나는 기척이 들렸으나 오매불망 기다리던 파일은 오지 않았다. 파일 대신 날아온 것은 보정 씨의 성의 없는 카톡이었다.

임보정 [지금보니깐파일이에ㅐ러가나서 싹 날아갓네요 3시까
지ㅣ다시해줄개]

임보정 [용]

　그 후로는 갖가지 캐릭터가 줄줄 울면서 "죄송합니다."
를 외치는 이모티콘의 랠리가 이어졌다.

19화
/
박힌 돌 다정 vs 굴러온 돌 보정

점심시간이 되었으나 속에서 천불이 나 입맛이 없었다. 안 먹으면 밥 가지고 시위하는 사람이 될까 봐 내 몫의 도시락을 챙겨 일어섰다. 애써 밝게 "편의점에 헛개수 사러 갈 사람?" 하고 소리치자, 수진 언니와 지구가 냉큼 따라붙었다. '헛개수'는 우리 셋만의 은어였는데, 편의점 가는 척이라도 하면서 회사를 탈출해야 하는 비상사태가 발생했다는 뜻이었다.

— 아까 큰 소리 나는 것 같던데 무슨 일이야?

아무 음료나 계산한 후 편의점 외부 테이블에 자리를 잡았을 때 수진 언니가 물었다.

— 아니 새로 온 사람 있잖아. 걔 또라이 같아.

— 왜? 사장님 말로는 일당백 광고 천재라던데. 여자 데이비드 오길비라나⋯⋯.

— 오길비인지 싸리비인지 싸가지가 존나 없어. 맨날 20분씩은 그냥 지각하고, 구라만 쳐 대고 제일 중요한 건 일

을 하나도 안 해. 오늘은 근무시간에 말도 없이 사라져서 어디 갔냐니까 은행 갔대. 근데 사실은 미개봉 중고 고데기 당근 하러 간 거였어. 얘기하다 보니 더 빡치네, 진짜 미친 거 아니야?

— 왜 그러지? 몇 살인데?

— 나랑 동갑이야.

— 그런 게 요즘 말하는 MZ 세대니? 하하.

수진 언니가 분위기를 바꿔 보려는 듯 웃었지만, 나는 전혀 웃기지 않았다. 그때 주저하던 지구가 입을 열었다.

— 말할까 말까 고민하고 있었는데…….

— 뭔데?

— 내 자리에서 고개 들면 그 사람 자리가 바로 보이거든? 근데 하루종일 유튜브랑 쇼핑몰만 들락거리더라고. 당연히 할 일 다 하고 그러는 줄 알았는데.

— …….

— 어제는 비품 신청서에 모니터 사생활 보호 필름인가도 올렸어. 두 개 합쳐 18만 5000원짜리.

— 뭐야? 박국제가 설마 오케이 했어? 업무 관련 도서도 안 사 주는 주제에?

— 야, 해 줬겠냐.

나는 그날 점심시간에 꽤 속 터지는 정보 여러 개를 얻을 수 있었다. 보정 씨는 내가 자리를 비우면 남친과 영상통화를 한단다. 지구는 그저께 퇴근 두 시간 전에 탕비실에서 브이로그 찍는 보정 씨를 봤단다. 얼마 전 보정 씨가 손으로 계산을 완성해 온 엑셀 파일 중 절반은, 보정 씨의 급박한 부탁을 거절하지 못한 혜은 씨가 작성한 것이라고도 했다. 나는 눈을 꾸욱 감았다.

시들시들 양치를 마치고 자리에 엉덩이를 붙이자마자 박국제가 씩씩대며 나를 찾았다. 박국제의 풍만한 몸뚱이 뒤에는 눈가가 벌개진 보정 씨가 서 있었다. 누가 봐도 한바탕 울어 재낀 듯한 모습이었다. 설마 이렇게 고전적이려고, 싶으면서도 불안했다.

— 점심시간 내내 면담하시는 거 같더라고요.

혜은 씨가 내 곁을 슥 지나치며 속삭인 말 때문에 심란함이 배가 되었다.

*

— 야, 너 이렇게 실망시킬 거야? 얼마나 됐다고 벌써 직장 내 괴롭힘 소리가 나와!

— 네에?

대표실 문이 채 닫히기도 전에 불호령이 따라왔다. 이 회사에 몸담은 동안 내 잘못도 아닌 일로 욕 먹은 순간이야 셀 수 없이 많았지만, 대부분 박국제의 일차원적인 생떼였

언러키 스타트업

다. 그러나 이건…….

— 제가 보정 씨를 괴롭혔다고요? 보정 씨가 자기 입으로 그래요?

— 뭘 했길래 그 착한 애가 밥도 못 먹겠다고 저렇게 울고불고하냐고.

— 그치만 보정 씨가 먼저 일을……!

— 됐고. 김다정이 너 지켜볼 거야. 다시 한번 괴롭힘이니 뭐니 우는소리 나왔다간 너도 임보정이도 혼날 줄 알아. 뭘 쳐다보고 서 있어, 꼴 보기 싫으니까 나가!

— 대표님. 억울해요. 저는 정말 괴롭힌 적이 없다니까요.

— 그럼 니가 대놓고 조혜은이한테 쑥덕거렸다는 얘긴 뭐야? 사람 면전에 대고 "보정이 안 되겠다, 처음부터 틀려먹었다." 어쩌고저쩌고했다며!

— 헉, 그건…….

— 허를 찔렸나 보지?

— 그건, 그거는…….

순간 미칠 듯한 낭패감이 밀려들었다. 결국 나는 눈을 질끈 감고 진실을 내질렀다.

— 그건 와이넷에 등록할 대표님 프로필 사진 얘기였어요. 혜은 씨한테 포토샵으로 머리 심어 달라고 부탁하셨다면서요. 근데 포토샵으로 되는 게 있고 안 되는 게 있단 말이에요. 혜은 씨가 어제부터 머리털 하나하나 그려 넣고 있

는 게 불쌍해서 한 얘기였다고요!

박국제가 남들보다 허전한 두피 때문에 얼마나 스트레스받는지 알고 있었지만, 졸지에 가해자로 몰린 나도 어쩔 수가 없었다. 그러나 대치 상황에서 박국제의 존재론적 수치심을 건드린 건 매우 나쁜 선택이었다. 박국제가 거의 바들바들 떨고 있었다.

— 야. 까놓고 말해서 니가 신입을 괴롭히든 신입이 너를 괴롭히든 내가 알 바는 아니야. 그건 니들 둘 개인적인 문제잖아. 왜냐? 여긴 일터고, 나는 대표니까.

— 대표님이, 대표님이니까 그리고 여긴 대표님 회사니까 직원 사이의 그런 걸, 살펴 주셔야 하는 거잖아요.

— 오냐오냐해 주니까 이것들이 회사가 장난인 줄 아네. 너 보기엔 내가 기집애들 머리채 잡는 데 낄 만큼 한가해 보이디? 엉? 그리고 네 말이 맞더라도 네 잘못이야. 잘해 줄 자신 없으면 차라리 주도권을 잡든가? 임보정이 재도 네가 얼마나 만만하면 저렇게 치고 올라오겠어. 결국 니가 애매해서 이 사달이 난 거라고! 알아들어?

발뒤꿈치쯤에서 피어오른 열기가 눈시울에서 정지하는 것 같았다. 나야말로 울음이 터지기 직전이었다. 만약 내가 맞불 놓듯 통곡한다면 박국제의 서슬퍼런 개소리도 한소끔 소강상태를 맞을 것이었다. 하지만 어쩐지 '기집애들'이란 단어가 귓속을 떠나지 않았고, 눈시울보다는 귓바퀴가 불편했다. 울면 나도 그냥 기집애가 될 뿐이었다. 박국제가 임보정 씨 역성을 드는 이유도 뻔했다. 임보정 씨가 먼저 그가 그리도 미워하고 원하는 기집애이길 택해서였다.

— 임보정 씨가 하는 말 전부 거짓말이라구요. 절 더 오래 보셨잖아요. 제가 여기서 더 오래 일했잖아요. 미우나 고우나 절 더 믿어 주셔야 하는 상황 아니에요?

박국제는 나를 보지도 않고 스마트폰 알림을 확인하며 손을 휘저었다. 속을 후벼 대는 개소리는 덤이었다.

— 아우 씨, 이놈의 코인은 맨날 떡락이네.

대꾸할 가치도 없어서 그대로 대표실을 벗어났다. 내 자리에 돌아와 보니 보정 씨는 또 없고, 대신 보정 씨가 보낸 장문의 개인 톡이 도착해 있었다.

임보정 [주임님. 대표님 면담 후 지시 사항 전달드립니다. 대표님께서 앞으로는 직장 내 괴롭힘 방지를 위해 저랑 일대일로 미팅하거나 회의하지 말라고 하셨습니다. 저를 탕비실로 불러내는 것, 특히 절대 하지 말라고 하셨습니다. 업무 관련해서는 모두가 볼 수 있는 단체방을 이용하고, 필요 시 이수진 과장님 통해서 소통하라고 하셨습니다. 그리고 저에게 사생활에 관련된 질문(어디 갔냐 오냐, 어디가 얼마나 아프냐, 왜 그렇게 엎드려 있냐, 집에 무슨 일이 있냐 같은 것)도 하지 말라고 하셨습니다. 혹시 또 금지 사항이 추가되면 알려 드리겠습니다.

감사합니다.]

전과는 너무 다른 말투에 해킹을 당했나 싶기도 했는데, 그 밑으로 또 좆 같은 캐릭터들이 온갖 감사를 다 하는 이모티콘이 이어지는 걸 보면 보정 씨가 직접 보낸 게 맞는 듯했다.

나는 보정 씨에게 답장을 하거나 살얼음판 속에서 내 눈치만 보고 있는 동료들을 불러 하소연 파티를 벌이는 대신 일단 할 일을 했다. 원래는 보정 씨가 해 줘야만 했던 일, 그러나 이제는 괴롭힘이 되어 버린 여러 가지 업무, 업무, 업무들. 보정 씨가 입사하지 않았다면 어차피 혼자 했을 일임에도 남의 일을 떠맡은 것처럼 억울했다. 보정 씨는 한 시간 후 돌아와 허송세월을 하다가, 막판에 제 몸 구석구석 향수를 뿌리고선 사라졌다. 향이 너무 독해서 보정 씨가 아직도 지척에 있는 것 같았다. 퇴근길, 거리에서도 보정 씨의 냄새가 날 따라왔다. 마스크에도 향수 냄새가 배어 있었다. 가디건에도, 에코백에도 마찬가지였다. 이 정도면 이건 향수가 아니지 싶었다. 온통 제 냄새를 뿌려 영역 표시하는 게 짐승의 스프레이 행위와 뭐가 다르단 말인가?

20화

/

박힌 돌들의 회합

    나는 그 후로도 몇 번 임보정 씨와의 대화를 시도했다. 사실 나도 그날 많이 욱했고, 그래서 객기를 부린 점도 있으므로 사과를 하려는 심산이었다. 박국제에게 잘 풀었다는 보고를 하고 싶은 마음도 있었다. 그러나 보정 씨 곁을 스치기만 해도 어김없이 박국제의 제재를 받았다. 얼마 전만 해도 "니들 둘이 싸워서 누가 이기든 말든 상관없다."라던 박국제는 보정 씨의 개인 보디가드 같았다.

    얄궂게도 업무 관련해서는 오히려 편해졌다. 보정 씨 상판을 볼 때마다 분노가 치밀긴 했으나, 이제는 그를 향해 일을 하니 마니, 늦었느니 마니, 자리를 비우니 마니 쓸데없는 대거리를 할 필요가 없었다. 그런 나 대신 빅 엿을 먹은 것은 수진 언니였다. 사실 나는 은근히 느끼고 있었다. 대놓고 말하진 않았지만, 수진 언니는 상황이 심각해지기 전까지 보정 씨를 약간 귀여워하는 눈치였다. 보정 씨가 1분마다 자질구레한 사고를 칠 때도 욕하기보단 허허실실 웃어넘겼다. 수진 언니는 한순간도 보정 씨처럼 막나가 본 적이 없고 보정 씨 같은 타입의 표적이 된 적도 없었다. 그러나 점점, 수진 언니가 우리 셋 단톡방에 갑작스럽게 분통을 터뜨리는 일이 많아졌다.

이수진 [보정이 때문에 정신병 걸릴 것 같아.]

김다정 [내가 계속 말했잖아, 걔 진짜 이상하다니까……]

이수진 [(캡처)]

이수진 [회사 SNS 홍보 계획 짜랬더니 대뜸 대통령이랑 청와대 계정 태그해서 어그로 멘션 날렸어. 이게 노이즈 마케팅이래.]

김다정 [ㅋㅋㅋㅋㅋ헐]

오지구 [효과는 어떤데?]

이수진 [올리자마자 팔로워 30명이 줄었어.]

이수진 [더 어이없는 건 사장님이 신박하다면서 갑자기 칭찬을……]

이수진 [얘들아…… 보정이 또 아프다고 일 안 나왔다.]

김다정 [걔는 거의 곤충임. 항상 머리/가슴/배 중 어딘가가 아픔.]

오지구 [그래서 오늘은 어딘데?]

이수진 [머리.]

오지구 [그저께도 배 아프다고 조퇴하지 않았나?]

이수진 [사장님도 답답해 죽겠어. 병가 연락 받았으면 공유를 해

줘야지, 아침부터 임보정 찾느라고 30분을 낭비했잖아.]

　수진 언니가 시들어 가는 것과 반대로 보정 씨는 점점 피어났다. 박국제가 공식적으로 보정 씨의 소속을 수진 언니 팀으로 바꾸고, 심지어 주임 직함까지 달아 준 후부터는 거의 날아다녔다. 브랜딩 프로젝트 때문에 입사한 보정 씨의 포지션이 뜨면서 프로젝트 자체가 날아가는 기현상도 벌어졌다. 박국제가 그 어떤 면담이나 항의도 받아 주지 않았기에 손을 써 볼 새도 없었다.

　나로서는 두 달이나 공들인 모든 것들이 무로 돌아가는 일이었다. 보정 씨가 괘씸하고 내 처지가 억울한 것과 별개로, 정말로 힘이 빠졌다. 어찌나 허무한지 그 좋아하는 술조차 마시고 싶지 않았다. 수진 언니나 지구, 혜은 씨가 내 낙담을 눈치채고 여러 가지 시도를 해 주었고, 진심으로 고마웠으나, 나아지는 것은 아니었다. 우울과 허무는 매일매일 두 배씩 증폭되었다. 동료들의 다정함을 느낄 때마다 그럼에도 나아지지 않는 내 마음에 죄책감이 들었다.

　보정 씨와 갈라지던 시점에, 나는 모든 광고 진행을 대행사에 일임하면서 내가 내부 PM을 맡는 쪽으로 계획을 수정했었다. 박국제는 언젠가부터 허구한 날 나를 불러 브랜딩, 브랜딩 염불 외는 짓거리를 멈추더니 결국 돼먹지도 않은 이유로 프로젝트 자체를 폐기했다. MJ기획에서 날아다닌다는 보정 씨 사촌 언니가 조언하길, 내가 콘택트하고 있던 대행사가 사기꾼 집합소라고 했단다. 광고 퍼포먼스도 못 내면서 성과 보고서를 조작하고, 광고비만 쭉쭉 뽑아 가는 걸로 업계에선 유명하다고. 나는 보정 씨가 대행사를 나처럼 다루고 있다는 생각이 들었다. 나에게 괴롭힘 혐의를 씌웠듯 그들에겐 사기꾼 누명을 씌운 것이다.

박국제는 업계발 고급 정보를 물어 온 보정 씨를 구국의 영웅 대하듯 했다. 하마터면 눈 뜨고 코 베일 뻔했는데, 보정 씨의 혜안으로 회사가 큰 손실을 면했다 믿었다. 나는 박국제가 사탄이라 생각하던 바를 철회했다. 그는 나쁘거나 못된 게 아니라 그저 깨끗한 무지의 상태였다. 한 회사의 수장이라는 사실이 놀라울 정도로 아무런 능력이 없었다. 그리고 한 회사의 수장이기 때문에 박국제의 안일함과 무식함은 죄였다.

그간 야근과 특근을 불사하며 만든 온갖 기획서나 아이디어 노트가 한 짐이었다. 나는 폐휴지 이상도 이하도 아니게 된 문서들을 들고 파쇄기로 향했다. 드드드드 소리를 내며 말려 들어가는 종이들을 보고 있자니, 잘못 내린 비처럼 눈물이 투두둑 흘러내렸다. 얼굴이 손 쓸 도리 없이 추하게 일그러지는 게 느껴졌다.

— 끕.

그러나 나는 참아 냈다. 마음이야 굴뚝같았지만 울고 싶지 않은 마음이 훨씬 컸다. 나는 울지 않아. 울면 지는 거야. 앙다문 이빨이 다 으스러져 내일 임플란트 비용 폭탄을 맞더라도 여기서는 아니었다. 나는 파쇄기 옆에서 분리를 기다리는 이면지들을 만지작거리며 시간을 끌었다. 원래 폐지 정리는 입사 막내의 일이었으나 제 업무도 안 하는 보정 씨가 이딴 잡무를 건들 리 없었다.

그때, 갑자기 머릿속으로 섬광이 한 줄기 솟았다.

보정 씨가 입사한 때부터 아무도 정리하지 않았다면 여기에도 분명히 있을 것이었다. 나는 차분함을 가장하며 조급하게 상자를 뒤집었다. 과연 맨 아래에 있었다. 보정 씨의 이력서, 자기소개서, 포트폴리오가.

*

수진 언니는 퇴근 후 오랜만에 가진 술자리에서 최신 사건 사고들을 설명하며 분통을 터뜨렸다. 박국제가 보정 씨를 신임할수록 수진 언니의 입지 또한 눈에 띄게 좁아지고 있었다. 어찌 보면 당연한 일이었다. 구국의 영웅이 득세하면 가장 피해를 보는 것은 개국공신이었다.

사람이 다섯 모이면 그곳에서는 반드시 정치가 시작된다. 사람 수가 적을수록 변동은 극단적이다. 우리의 꼬라지를 보라. 보정 씨가 입사한 지 이제 막 3개월을 넘었을 뿐인데 온갖 악재가 우리를 들이받고 있었다.

　나는 얼마 전 치욕의 '직장 내 괴롭힘' 사건에서 섣불리 보복하거나 일을 키우지 않은 것을 다행이라고 여겼다. 일을 너무 못하길래 허섭스레기인 줄 알았지만 보정 씨에겐 괴상한 쪽으로 발달한 처세가 있었다. 제일 경이로운 것은 주간 회의 시간마다 보정 씨가 박국제에 퍼붓는 러브콜 같은 아부들이었다. 셔츠가 멋지다거나 넥타이가 예쁘단 소리 정도는 거슬리지 않았다. 그러나 박국제에게 대학생 같다느니, 잘생겼다느니, 인기 많으실 것 같다느니 헛소릴 씨부려 댈 때는 진짜 사기꾼이 누구인가 싶었다.

　── 걔 오고 나서 사장님이 아예 정신을 놔 버렸어. 이러다가 진짜 회사 망하는 거 아니니?

　── 여기서 더 망할 수가 있다면 그것도 참 신기하다.

　── 다정아, 나 진지해. 솔직히 요즘 사장님이랑 둘이 일하던 시절보다 더 스트레스받는다고. 임보정 걔 이젠 나한테 컨펌 안 받고 사장님한테 다이렉트로 말하고 진행해. 심지어 후보고도 안 해 줘.

　수진 언니가 눈에 띄게 푸석푸석해진 머리털을 쥐어뜯자, 깜짝 놀란 지구가 술잔을 내려놓고 언니를 말렸다. 그러면서 위로인지 동조인지 모를 유감스러운 말들을 덧붙였다.

　── 다정이네 팀일 때는 눈치 보는 시늉이라도 하더니 지금은 진짜 뻔뻔해졌네. 아니다. 뻔뻔해진 게 아니고 본성이

나온 거겠지.

　—지구 너한테는 어때?

　—나한텐 아예 말도 안 걸어. 화장실이나 복도에서 마주쳐도 인사 안 하고. 아, 근데 얼마 전에 테러블한 일이 있긴 했어. 대표가 자기 카드 주더니 임 씨랑 밥을 먹으라더라고.

　—엥? 왜?

　—임 씨랑 친하게 지내래. 주니까 일단 카드 받고 같이 나가는 척하다가 임 씨한테 넘겼어. 나는 지금 종교적인 이유로 단식 중이니까 내 몫까지 두 배로 사 먹고 오라고.

　—그걸 믿든?

　—믿든지 말든지 상관없는데, 그날 오후에 서브웨이 30센티미터짜리 시켜 먹다 걸리긴 했어.

　—야…….

그때 테이블 위에 놓아둔 수진 언니의 전화가 울리기 시작했다. 발신자는 혜은 씨였다.

*

혜은 씨는 몇 분 지나지 않아 파랗게 질린 얼굴로 우리 앞에 나타났다. 그는 새 잔도 아닌 내 잔에 맥주를 따라 꿀꺽꿀꺽 들이마셨다. 이 시국에 얼마나 목이 타면……! 아니, 속이 타는 건가?

— 저, 퇴근하고 지금까지 보정 대리님이랑 있다가 오는 길이에요.

아니나 다를까…….

— 걔가 왜 대리님이에요?

나는 따지고 드는 것처럼 보이지 않길 바라며 물었다.

— 대표님이 다음 달부터 대리 달아 준다고 했대요. 비밀인데 저한테만 알려 준다면서, 그렇게 부르라던데요.

— ……웃기고 자빠졌네. 직함이 발렛파킹도 아니고 미리 부르라는 건 또 뭐야? 근데 저녁은 갑자기 왜……?

— 보정 씨가 하도 졸라서요. 전부터 계속 친한 척하면서 약속 잡으려고 하더라고요. 이제 거절할 핑계도 없어서 어쩔 수 없이 먹고 왔는데……. 그분 이상한 줄은 알았지만, 생각보다 훨씬 이상한 거 같아요.

보정 씨가 또 얼마나 새롭게 이상하였을지 흥미로우면서도 겁이 덜컥 났다. 보정 씨의 바닥을 더 비웃고 싶은 마음 반, 더 이상 어떤 식으로도 보정 씨와 연관되고 싶지 않은 마음 반이었다.

— 요 앞에 경양식집 갔는데요. 돈가스 나오기도 전에 자기가 무슨 상사라도 되는 것처럼…… 요즘 회사 생활은 어떠냐, 고민 있으면 털어놔라, 자기가 해결해 주겠다 큰 소리를 뻥뻥 치더라고요. 저는 불만 없다고 했어요. 다 좋고 만족한다고. 그랬더니 갑자기 제 칭찬을…… 저보고 귀염상이

라 인기 많겠다는 둥, 디자이너라 패션 센스가 남다르다는 둥. 그러면서 이거저거 묻다가 대뜸 말을 놓는 거예요. "어차피 내가 언닌데 괜찮지? 앞으로 친하게 지내자." 이러면서요.

　　— 어떡해. 혜은 씨가 마음에 들었나 봐.

　　— 순간 너무 당황해서 거절을 못 했어요. 그런 저한테도 너무 짜증이 나요! 아 이게 중요한 게 아니고…… 이제부터 진짠데, 이걸 어떻게 말해야 될지, 말해도 될지…….

　　— 우리 욕 한 바가지 했죠?.

　　— 허어억! 어떻게 아셨어요?

　　— 너무나도 뻔하죠…….

이후로 줄줄 이어진 혜은 씨의 이야기에는 웃긴 점과 전혀 웃기지 않은 점, 놀랍거나 놀랍지 않은 점들이 마구 뒤섞여 있었다. 이를테면 임보정 씨마저 실은 박국제를 극혐하고 있다는 사실이 웃겼다. 그러나 임보정 씨가 "대표님이 나를 여자로서 좋아하는 거 같다."라고 털어놨다는 대목에선 모든 웃음기가 싹 사라졌다. 놈에게는 이미 유지안 강사나 한 매니저라는 전적이 있었다. 나는 임보정 씨가 제발 어떤 식으로든 몰락하길 바랐지만, 맹세코 '박국제 여자 친구'가 되는 식의 지옥행을 원하지는 않았다.

　　— 저도 첨엔 설마 싫었는데, 아니 글쎄! 임보정 씨한테 대표님 전화가 걸려 오더라고요.

　　— 뭐라고요?

── 대표님이 원래도 퇴근 후에 일 많이 시키니까 그런 오더겠지 했는데 그냥 밥 먹었냐, 어디냐, 잘 들어가라 이런 안부 전화 같은 거였어요. 너무 소름 돋지 않나요?

── 우욱, 토할 거 같아.

── 제가 그건 좀 걱정이 돼서 남자 친구 있지 않으시냐고, 만약 대표님이 고백이라도 하면 어쩌냐고 하니까 보정 씨도 토하려고 하셨어요. 만약 그런 일이 벌어진다면……

── 벌어진다면?

── 똥 1톤 퍼 와서 사장실에 뿌릴 거래요.

과격한 보정 씨의 대답 덕분에 테이블엔 안도가 깃들었다. 나는 분위기가 어두워질까 봐 습관적으로 농담을 쳐 버렸다.

── 똥은 내가 얼마든지 제공해 줄 수 있다고 일러 둬요. 친척 중에 소 키우는 분 계시거든? 거기 가면 똥이 무한 리필이에요.

── 꺄아, 너무 웃겨요.

── 근데 반대 상황도 마찬가지일 거 같아요. 만약 박국제가 보정 씨한테 똥 뿌린대도 나는 가져다줄 거예요.

이것은 진담이었다. 어쩌면 후자를 더 간절하게 원하고 있는지도 몰랐다.

21화

/

갑을 전쟁-발단

그날 우리는 모두 얼큰하게 취한 채로 귀가했다. 사회적 거리 두기로 영업시간이 제한되지 않았다면 5차까지 달려 밤을 새고 출근했을지도 몰랐다. 모두 그만큼 보정 씨가 흐려 놓은 물에 대한 스트레스가 컸다. 오늘 가장 많이 취한 수진 언니는 보정 씨가 본인을 두고 '자기가 세상에서 제일 똑똑한 줄 아는 엄지공주'라 비난한 것에 큰 상처를 받았다. 그것은 거의 배신감이었는데, 이러니저러니 해도 수진 언니는 그에게 잘해 주고 있었던 것이다. 수진 언니는 임보정 씨가 자길 왜 싫어하는지 이해하지 못했지만, 내가 볼 땐 왜 만만하게 보는지를 궁리해 보는 게 나을 것 같았다.

지구는 '말라 빠져서 사진발은 잘 받겠지만 볼륨이 없고, 남의 모니터나 훔쳐보는 음습한 성격만 봐도 친구 없을 상'이라는 소리를 들었지만 개의치 않았다. 어찌 그리 괜찮냐 물으니 보정 씨는 변태인 것 같단다. 상대해 주면 먹이를 주는 것과 같다나……? 나로 말하자면 오늘 보정 씨 덕분에 수명이 100년은 늘어난 사람이었다. 머리카락 굵기부터 양말 취향, 성격, 말투, 목소리 등등 보정 씨의 품평이 거쳐 가지 않은 곳이 없었다.

가까스로 씻고 잠자리에 들려는데 혜은 씨에게서 메시지가 왔다.

조혜은 [주임님 오늘 너무 잘 먹었습니다! 근데 제가 했던 얘기들 비밀로 부탁드려도 될까요? ㅠ.ㅠ 솔직히 ㅇㅂㅈ님 좀 무서워서요…….]

김다정 [그럼요. 당연히 말 안 하죠. 어려운 얘기 전해 줘서 고마워요.]

조혜은 [힘내세요……! 어차피 회사에 ㅇㅂㅈ님 말 믿는 사람 아무도 없어요. 다 주임님 편이고 대표님도 언젠가는 진실을 알게 되실 거예요.]

김다정 [허허허 고마워요ㅎㅎ]

조혜은 [아 맞다, 근데 저희 회사 진짜 「갑을 전쟁」 촬영하나요?!]

김다정 [네? 누가 그래요?]

「갑을 전쟁」이라면, 요즘 직장인들 사이에서 최고로 핫한 TYC 방송국의 예능 프로였다. 내용은 별거 없었지만 임팩트와 자극이 워낙 강했다. 소위 '갑'이라 불리는 사장이나 임원 그리고 '을'의 위치에서 고군분투하는 평사원들의 한 방 매치를 콘셉트로 삼고 있기 때문이었다.

조혜은 [방금 ㅇㅂㅈ님 인스타에 「갑을 전쟁」 작가님 만나 회의 했다고 떠서요.]
김다정 [나 걔 아이디 좀 알려 줄 수 있어요?]

혜은 씨가 보내 준 링크를 누르자, 임보정 씨 계정이 나타났다. 20분 전 게시한 최근 글에서 「갑을 전쟁」 작가들과 찍은 셀카가 올라와 있었다. 의도적으로 잘라 냈지만 우리가 생일 선물로 준 똥톤 넥타이를 한 박국제도 함께였다. 이 정도 사이즈의 일이 여기까지 진행되는데 나머지 직원들에게 공식적으로 공유되는 소식이 아무것도 없다는 사실에 일말의 모욕감이 느껴졌다. 그래, 너들끼리 잘들 해 봐라. 씩씩대다 나도 모르게 잠이 들었다.

*

다음 날, 주간 회의 시간이었다. 딱히 극비는 아니었던지 「갑을 전쟁」 출연 소식이 맨 첫 번째 안건으로 발표되었다. 임보정 씨는 「갑을 전쟁」을 통해 대대적 홍보 효과를 누린 스타트업 사례 몇 개를 읊으며 자신만만해했다. 아이돌

손주의 데뷔 무대를 보듯 흡족해하던 박국제는, 수진 언니가 반대로「갑을 전쟁」때문에 폐업 직전까지 추락한 사례를 언급하자 버럭 승질을 부렸다.

— 아주 망하라고 고사를 지내지 그래? 이거 임보정 주임이 방송국에 읍소하다시피 해서 만든 기회야! 공중파 45분 타는 일이 흔한 줄 알아? 남들은 몇억 들여서 잡는 기회를 출연료까지 받고 진행한다는데 웬 헛소리들이야?

불똥은 나머지에게로도 튀었다.

— 입만 삐죽대지 말고, 임보정 주임을 본받으란 말이야. 인정받고 싶으면 임 주임처럼 발로 뛰어서 결과를 가져오라고.

후로도 의미 없는 기강 잡기 발언이 이어졌다. 주머니에서 계속 진동이 오길래 슬쩍 꺼내 봤더니 지원의 메시지였다. 나는 얼마 전부터 지원과의 만남을 피하고 있었다. 요즘 내겐 웃으면서 할 만한 이야기가 하나도 없었다. 얼결에 우리 문제에 대한 해답을 찾기도 했다. 나는 지원을 감정 쓰레기통 취급한 적 없었지만, 내 안에는 어느새 쓰레기 같은 감정만 남아 버렸다. 그러니 내가 지원에게 무엇을 나누든 그것은 결국 쓰레기일 수밖에 없었다. 내가 상해서, 우리도 상한 것이었다.

— 김다정이! 너 뭐 해?

— 아, 네. 죄송합니다.

— 그래서 니들 중 누가 나갈 거냐고 묻잖아, 「갑을 전쟁」!

— 두 분이 출연하시는 거 아니에요?

— 여태 뭘 들었어, 씨. 우리 출연 회차부터 포맷 바뀌어서 갑 하나 을 둘 출연이라고. 그래, 김다정이 너 요즘 불만 많아 보이는데 니가 나가면 되겠네.

— 저요? 제가 방송이요? 싫어요!

본능적 거부감으로 생각보다 말이 먼저 튀어나왔다. 그러나 박국제도 물러설 생각이 없는 듯했다.

— 이게 아주 보자 보자 하니까 빽 하면 싫어요, 안 해요, 못 해요 소리만 해 대네. 너 딱 결정해. 「갑을 전쟁」 나가든가, 아님 회사에서 나가든가.

— ……

끔찍한 침묵이 이어졌다. 동료들의 경악한 눈초리와 임보정 씨의 조소 어린 눈빛, 박국제의 노발대발이 나 하나를 찔러 대고 있었다. 버텨 낼 만한 분위기가 아니었다. 내가 "네, 그럼 할게요."라고 말하지 않았다면, 우리는 아마 그날 점심도 못 먹었을 것이다.

*

점심시간 후에는 웬일로 임보정 씨가 나를 불러냈다. 내가 애기만 하자고 해도 박국제에게 일러바치던 그였다. 하지만 상황이 달라졌고. 이제 임보정 씨는 내 옆에 서서 의자에 앉은 나를 깔보고 있었다. 저 볼기짝 같은 싸대기 한 대만 쳐 봤으면 소원이 없겠다는 생각이 들었다. 하지만 나는 그러지 못한다. 내일채움공제 만기가 한참이나 남았고, 월급날 마다 꼬박꼬박 엄마에게 생활비를 부쳐야 하며, 동생 용돈도 조금 쥐여 주고 남은 돈으론 내 원룸 월세나 교통비, 통신비도 해결해야 하니까 말이다.

── 흐흐흥, 바쁘니까 짧게 얘기하자면. 여기 「갑을 전쟁」 소개서랑 대본이랑 작가님 명함. 질문 있으면 그쪽에 하시고오.

── …….

── 우리 출연 회차부터 포맷 바뀐다는 얘기는 아까 했고오. 기존엔 단순하게 갑 대 을 파이트였는데, 시청자들이 하도 을 편만 들어 대니까 갑 측 옹호 직원 역할이 생긴 거지.

── 아 네네.

── 그래서 대표님이 갑, 내가 갑 팀 지원군. 그쪽은 을 팀인 거예요.

── 예, 참 재미있겠네요.

── 하아. 녹화 때 그런 태도로 초 칠 생각이면 지금 생각 고쳐요. 「갑을 전쟁」 악마의 편집으로도 유명한 거 알죠? 잘못하면 악플 몇만 개 먹고 나락 가는 거야.

언러키 스타트업

브랜딩 프로젝트 폐기를 떠나, 그 후에도 박국제가 나를 지나치게 멸시하고 찬밥 취급 하는 데엔 임보정 씨의 중상모략이 결정적일 터였다. 나는 문득 순수하게, 이렇게까지 나를 싫어하는 이유가 무엇인지 궁금해졌다.

— 저한테 왜 이러세요?

— 내가 뭘?

— 지금이라도 사과하세요. 그럼 보정 씨한텐 아무 짓도 안 할게요.

쉽게 꺼낸 말도, 허세를 부리는 것도 아니었다. 나는 진심이었다. 다만 면상을 일그러뜨리고 큭큭 웃는 보정 씨도 진심인 것 같았다.

— 자기가 뭐라도 되는 줄 아나 봐. 꿈 깨요. TV 나간다고 달라지는 거 없으니까.

— 뭐라고요?

— 대표가 어떻게든 꼬투리 잡아서 그쪽 쫓아낼 생각인 거 모르죠?

나는 뭍으로 끌려나온 붕어처럼 입만 뻐끔거렸다. 내가 지금 누구 입에서, 무슨 소리를 듣고 있는 걸까?

— 불쌍해서 말해 주는 거예요. 남한테 훈계할 시간에 본인 사회 생활이나 잘 하라고.

보정씨는 먼지를 털어 주는 건지 묻히는 건지 모를 손짓으로 내 어깨를 툭툭 털고 탕비실을 나가 버렸다. 나는 나갈 수 없었다. 말문이 막혔을 뿐인데 탕비실 문이 막힌 것만 같 았다.

22화

/

갑을 전쟁-전개

드디어 「갑을 전쟁」 녹화 날이 밝았다. 나는 며칠 동안 도 못 자고 밥도 제대로 먹지 못했다. 다이어트 중의 다이어트는 맘고생 다이어트라더니 그 명제를 내 몸뚱이로 입증한 셈이었다.

새벽녘부터 부모님과 동생, 친척들의 응원 문자가 날아들었다. 가족들은 그저 신이 난 모양이었다. 내 생각에 오늘 무대는 단두대였다. 나는 아마 인생에 다시없을 개망신을 당할 테고 임보정 씨 말대로 나락에 꽂힐 수도 있었다. 그러나 쟁쟁한 연예인 패널이 열 명이나 나오는 공중파 TV 예능을 펑크 낼 담력도 없어서 꾸역꾸역 방송국으로 향했다.

데스크에 신분증을 맡기고 출입 카드를 얻어 「갑을 전쟁」 세트장에 도착했다. 어딜 가든 늦기로 악명이 자자한 박국제와 지각 퀸 임보정 씨가 오늘은 나보다도 먼저 도착해 있었다. 둘 다 착장에 어찌나 힘을 줬는지 수퇘지와 미친 공작새 콤비 같았다. 그에 비해 나는 어제 미리 죽은 사람마냥 낯빛과 행색이 칙칙했다. 구태여 오늘 'Save Me!'라 써진 티셔츠를 걸친 게 반항이라면 반항이었다.

— 에이그! 김다정이 꼴이 그게 뭐야? 신경 좀 쓰라고 했잖아?

나는 이제 한계였고, 이판사판이었기 때문에 그 말을 씹어 버렸다. 박국제는 갈급해 보였다. 나름 이 방송에 사활을 건 것인지, 발딱 화를 내다가도 초조한 기색으로 나를 회유하려 들었다.

— 김다정이 잘 들어. 오늘 하루 잘해 주면 사무실 돌아가서 섭섭지 않게 해 줄게. 성과급, 성과급은 당연하고 승진도 시켜 줄게!

— 정말요?

— 정말이지 그럼. 속고만 살았냐고!

그걸 말이라고 하는가 생각할 때, 우리 쪽으로 「갑을 전쟁」 작가님이 다가왔다. 무척이나 낯이 익은 사람이었다.

— 안녕하세요! 출연자분들 다 오신 거죠? 여기 명찰 드릴게요. 왼쪽 가슴에 달아 주시고요. 게스트들 분장 끝나면 바로 들어갈 거예요. 말씀들 편하게 하시되 비속어나 욕설, 자사 홍보, 구체적인 브랜드명 같은 거는 언급 주의해 주시고요. 꼭 대본대로 가실 필요는 없어요. 저희는 리얼리티뿐이거든요.

— 깍깍깍! 알겠습니다. 작가님. 오늘 모쪼록 잘 좀 부

탁드립니다.

— 저희가 잘 부탁드려야죠. 일단 출연 계약서 서명부터 부탁드릴게요. 이쪽으로 오시겠어요?

*

집에서 속 편하게 볼 땐 몰랐는데 촬영장엔 조명과 기계와 사람들이 무척 많았다. 코로나 시국이라 방청석을 군데군데 띄우고 채워 놓은 것이 그나마 다행이었다. 시작 10분 전, 우리는 세트장에 마련된 각자의 자리에 섰다. 중앙의 박국제를 기준으로 임보정 씨가 오른편, 내가 왼편이었다. 나는 교탁처럼 생긴 구조물에 하반신을 숨기고 다리를 덜덜 떨었다. 스텝 중 한 명이 슬레이트를 탁! 치자 본격 촬영이 시작되었다.

— 네에! 시청자 여러분, 안녕하십니까! 「갑을 전쟁」 MC 신동휘입니다. 이번 주는 아는 사람은 다아 안다는 화제의 강연 미디어 스타트업! 아우, 이거 너무 길어서 읽기가 쉽지 않은데요? '국제마인드뷰티콘텐츠그룹'의 임직원분들 모셨습니다! 일단 대표님께 간략한 회사 소개 한마디 부탁드릴까요?

— 깍. 깍. 깍! 안녕하십니까. 국제마인드뷰티콘텐츠그룹

대표 박국제 인사드립니다. 저희 회사는 '배움에는 늦음이 없다'라는 슬로건을 걸고 2018년부터 서비스를 시작하여……

슬로건 얘기는 듣느니 처음이었다. 급조했으면 멋지기라도 하든가. 헛웃음이 나왔다.

— 네에, 다음으로는 우리 팀원분들 소개가 있겠습니다. 갑 팀 지원군으로 나오신 임보정 대리님은 오우, 상당히 스마트한 재원이신데요? 일단 스펙이 장난 아니십니다. 학벌, 대외 활동, 어학연수에 대기업 인턴십까지! 게다가 사내 최단기간 승진 기록을 계속 갱신 중이시라고요? 그러면 우리 대표님 신임이 상당하겠어요. 왜 갑 팀 지원군으로 나오셨는지 음, 짐작이 됩니다!

MC의 호들갑스러운 진행과 익살 덕분인지, 작가님의 지시인지 방청석에서 꺄르르 웃음이 터져 나왔다.

— 그 반면, 을 팀에는 우리 김다정 주임님이 나와 주셨는데요, 제가 듣기로는 김다정 주임님이 「갑을 전쟁」에 너어무 출연하고 싶은 나머지, 저희 시청자 게시판에 요청 글을 열 번이나 쓰시고 주저하는 회사분들까지 설득해서 이 자리에 오셨다고요. 오우, 이유를 여쭈어봐도 될까요?

— ……

그때 나는 무언가 이상한 낌새를 눈치챘다. MC는 분명 큐 카드를 힐긋대며 정해진 대사를 소화하고 있었지만 그건 내가 숙지한 대본과 달랐다. 임보정 씨가 내게 공유해 주었던 대본에는 국제마인드뷰티콘텐츠그룹의 김 주임이 시청자 게시판을 집착적으로 드나들었다는 스토리 따위 어디에도 없었던 것이다.

'이왕 이렇게 된 거 따져서 뭐 하겠냐만은……'

나는 눈을 한 번 꾹 감았다 치떴다. 박국제가 저 멀리서, 우리 애가 긴장한 것 같다고 주절대는 소리가 들렸다. 나는 빙글빙글 쪼개고 있는 임보정 씨를 똑바로 바라보았다. 다행인지 불행인지 무언가 생각할 겨를도 없이 입이 먼저 움직였다.

— 제가 워낙 「갑을 전쟁」 애청자면서 신동휘 님 팬이기도 하구요. 그리고…… 회사 생활이 오죽했으면 열 번이나 출연 신청을 했겠습니까. 사무실에서는 을인 제가 맨날 지니까, 여기 「갑을 전쟁」 나와서라도 승리를 쟁취하고 싶어서 그런 거죠.

— 오, 다정 주임님. 긴장 풀리니까 입담이 장난 아니신데요? 예능 오래 하면 자연스럽게 촉이라는 게 발달을 하죠. 근데 오늘 촉 아주 좋고요, 대박 예감이에요.

— 하하핫…… 열심히 해 보겠습니다.

— 목소리는 작지만, 각오 훌륭합니다! 그럼 이제 「갑을 전쟁」, 본격적으로 화려한 전쟁의 서막을 열어 봐야겠죠? 이름하여 '속마음 썰전'입니다. 회사 다니다 보면 속으로 삼키는 말들이 참 많은데요, 그거 다 참아 넘기면 뭐 됩니

까? 맞습니다. 멘탈 갈려 퇴사자 되는 거죠. 우리 출연자분들, 회사 오래 다니려면 한 번씩 앙금을 털어 줘야 해요. 자, 이제 단상에서 내려와 여기 거짓말탐지기 앞으로 모여 주시겠어요? 룰은 간단합니다. 거짓말 탐지 센서 위에 손을 올리고 끝날 때까지 절. 대. 로. 떼지 않기! 만약 답변을 거부하시거나 손을 떼 버리면 바로 패배 판정을 받게 됩니다. 그럼 오늘의 상금 1000만 원은 상대방의 차지가 되어 버리겠죠? 하하하!

　　속마음 썰전.

　「갑을 전쟁」은 고가의 거짓말탐지기를 동원해 노사 간 잔혹한 진실 게임을 부추기는 포맷으로 메가 히트 예능 반열에 올랐다. 특히 유튜브에서 하이라이트 부분만 편집되어 떠도는 조각 클립들의 인기가 대단했다. 댓글에 영어권 이용자가 반절이나 되는 걸 보니 외국에서도 꽤 반응이 핫한 모양이었다. 그중 제일 덜 알려진 영상의 조회수가 200만 회를 웃돌 정도니 나로서는 여기 출연한단 자체로 심장마비가 올 것 같은 일이었다. 실제로 이 코너 출연 후 부작용 사례도 적지 않았다. 대부분은 부당 해고나 보복 폭행, 모욕 및 명예훼손 등이 얽힌 송사였다.

　　── 보시다시피 2대 1 상황이지 않습니까? 형평성을 위해 갑 팀의 질문권은 다섯 개! 을 팀의 질문권은 열두 개로

조정되었습니다. 을 팀 다정 주임님은 대표님이나 임보정 대리님 중 한 명을 지목해서 질문하시면 되고요, 이 순간부터는 서로 반말을 사용하시고, 위계질서, 눈치코치, 니탓 내탓 이런 거 없이 오로지 진실을 무기로 승부하시는 겁니다. 자, 양 팀, 준비되셨습니까!

— 잠깐만!

그때 콧망울을 궁둥이마냥 씰룩대던 박국제가 대뜸 손을 들고 이의를 제기했다.

— 에이, 불공평하지 않습니까? 왜 우리는 다섯 개 주고 재한테는, 아니 김다정이한테는 열두 개나 주는 겁니까? 머릿수 때문이라면 열 개만 줘야 옳지.

— 우우 우우우 우!

객석과 연예인 게스트석에서 짠 듯한 야유가 터져 나왔다. MC조차 약간 당황한 눈치였다.

— 오, 여태껏 이 규칙에 태클 건 사람은 우리 박 대표님이 처음입니다. 자, 박수! 「갑을 전쟁」 사상 제일 쪼오잔한 대표님 여기 나와 계시구요, 박 대표님. 을 팀은 말 그대로 을 아니겠습니다. 이미 을인데 갑과 똑같은 만큼의 발언권을 주면 그게 공평인가요? 아유, 이해 못 하시는 거 같은데 제 얼굴 봐서라도 넘어가 주시죠.

— 떼잉. 뭐 신동휘 씨가 그렇다면이야…….

— 대신 갑 팀에 선공격권을 드리겠습니다. 자아 레디,

파이트!

'이제는…… 진짜 낙장불입이로구나.'

방청객들이 박수와 환호를 보내왔고, 나는 비로소 공들여 쓰고 있던 불안이라는 가면을 벗어던졌다. 드디어 기회가 왔다는 확신이 들자, 온몸에 피가 팽팽 도는 듯 뻑적지근한 흥분감이 따라왔다.

23화

갑을 전쟁-위기

두 사람이 힘을 합쳐 콩트라도 짜 온 모양인지, 박국제가 물러서고 임보정 씨가 나서는 움직임이 일사천리였다. 임보정 씨가 득의양양하게 외쳤다.

— 김다정! 너, 맨날 니 패거리들 데리고 대표님 뒷담화까지?

— 후우 후우후우훗.

순간 나는 몇 개월이나 응축해 둔 비웃음을 흘리고 말았다. 이 정도라니, 정말 가소롭지도 않았다.

— 그럼, 당연하지. 욕도 그냥 욕이 아니라 쌍욕을 해. 네가 묻지 않은 것까지 더 말해 주자면, 나는 니 욕도 하루 종일 해.

— 뭐, 뭐……?

— 솔직히 요즘 회사에서는 쟤보다 니가 더 욕 먹어. 됐니?

삐빗——삐빗——삐비빗…….

[김 다 정 : 진실!]

우리 뒤 커다란 스크린에 진실 판정이 뜨자, 방청객과 스태프들 사이에서 함성 같은 박수가 쏟아졌다. 당황한 박국제가 센서에서 자유로운 왼팔로 이의를 제기하듯 허우적거렸으나 PD와 MC 신동휘 씨 사이 수신호가 더 빨랐다. 내가 한 짓은 대본에서 벗어나다 못해 대본을 초월해 버린 행위였다. 그러나, 현장에서 바로 받아들여졌다.

— 어우, 대표님. 이거 예능이어도 엄연히 전쟁이에요, 전쟁! 타임, 이런 거 냉혹한 「갑을 전쟁」엔 없습니다. 갑 팀, 30초 안에 두 번째 질문 못하시면 남은 질문권 모두가 박탈됩니다. 자, 카운트!

— 할, 할 거예요! 김다정, 너 퇴사 각 잡았지? '잡몬스터'에서 50만 원짜리 이직 플랜도 결제했고?

— 맞아, 결제했어. 네 덕이나 마찬가지지. 어차피 잘릴 거라 생각하니까 돈 아깝지도 않더라. 사람을 어찌나 무시하고 괴롭히는지 내일채움공제가 다 뭐냐 싶더라고. 너도 속시원하지? 나도 그래! 네가 나한테 쥐톨만큼이라도 도움이 된 건 이번이 처음이다, 보정아.

삐빗——삐빗——삐비빗…….

[김 다 정 : 진실!]

장내에는 환호성이 가라앉고, 웅성대는 소리가 들어차기 시작했다.

── 네에, 지켜보는 사람이 더 조마조마한 오늘의 「갑을 전쟁」! PD님, 우리 방송 나갈 수 있는 겁니까? 두 분 너무 살벌하신데요. 어어, 오늘만큼은 MC 권한으로 갑 팀에 기권 의사를 여쭤봐도 될 것 같습니다. 갑 팀, 어떻게 하시겠습니까? 물러서시겠습니까?

나라면 여기서 꽁무니를 빼고 아예 오늘 녹화본 자체를 파기하라고 꽝꽝거렸을 것이다. 그러나 그들은 그 어떤 순간에도 내가 아니었다. 애초에 이 시궁창 컴퍼니의 비극이 그것이었다. 우린 서로가 아니라는 것, 서로가 되어 보려는 시도조차 하지 않는다는 것 말이다.

── 이익, 물러서긴 뭘 물러서요. 야, 김다정! 너 회사에서 담배 피우지?

── 응. 냄새 났니? 그 먼 사무실까지 가서 니들 얼굴 보려니까 술, 커피, SNS, 탄수화물, 설탕도 모자라서 담배까지 피우게 되더라. 나도 내가 제발 금연했음 좋겠다.

삐빗 ── 삐빗 ── 삐비빗……

[김 다 정 : 진실!]

사실 난 이제 좀 지루할 지경이었다. 그러나 임보정의 네 번째 질문만큼은 나도 전혀 예상치 못한 종류의 폭로였다. 이것만큼은 아무리 나라도 코딱지를 튕겨 내듯 대응할 수가 없었다.

─이 씨. 너, 너너! 너 인터넷에 낮 뜨거운 야설 써서 용돈 벌지?

─……

─네, 김다정 주임! 녹화 시작 후 처음으로 말문이 막혔는데요. 자아, 대답 카운트 들어갑니다. 오, 사, 삼……

─응, 19금 딱지 붙은 소설을 쓰기는 해. 그런데, 이…… 굳이 정정하자면 아직 수익이 난 적은 없어.

삐빗─삐빗─삐비빗…….

[김 다 정 : 진실!]

고수위 로맨스 소설은 브랜딩 프로젝트 실패 후 적적한 마음에 끄적이기 시작한 거였다. 조회수도 10 내외였고 편수가 많지도 않았다. 이것만큼은 수진 언니나 지구도 모르는 비밀이었기 때문에 나는 놀라움을 넘어 충격을 느꼈다. 대체 임보정이 그걸 어떻게 알았단 말인가.

갑 팀의 마지막 기회인 다섯 번째 질문의 질문자는 박국제였다. 박국제는 특유의 노발대발한 기색을 숨기지도 못하고, 나를 향해 "너 아직도 정신병원 다니냐?"라며 비아냥거렸다. 그의 비열함에 질린 나는 "그래, 니들 둘 때문에 꼬박꼬박 다니고 있다." 소리를 칠 셈이었다. 그러나 MC 신동휘가 여태까지의 유들유들한 낯빛을 싹 지우고 끼어들었다.

— 잠시만요, 갑 팀. 그 질문은 김다정 주임님이 무슨 대답을 하시든 편집될 거라서 이만하겠습니다. 그리고 남은 녹화 중에도 그런 식의 인신공격은 지양해 주세요. 개인 의료 기록은 인권 문제이기도 합니다.

세트가 갑작스런 냉기로 물든 건 말할 것도 없었다. 그러나 이제부터가 진짜였다. 공격권이 내게로 넘어왔기 때문이었다.

— 저는 공평하게 제 질문권 보정이한테 여섯 개, 박국제한테 여섯 개 쓰겠습니다.

— 박국제? 구우욱제에? 너 아주 삿대질이랑 반말이 자연스럽다?

— 너만 하겠냐, 이 자식아?

— 저게 진짜!

— 워워, 여기 카메라 수십 대 있습니다. 진정들 하시고요. 자, 그럼 을 팀 반격 들어갑니다. 레디이, 파이트!

— 보정아, 너야말로 박국제 못생기고 키 작고 말 많다고 맨날 씹어 대지?

— 내가 넌 줄 알아? 그런 적 없거든?

삐빗——삐빗——삐비빗…….

[임 보 정 : 거짓!]

그러나 현대 과학은 솔직했다. 오늘 녹화에서는 처음 뜨는 '거짓' 판정이었다. 기계음과 함께 거짓이란 결과가 뜨자 우우우우우 하는 야유가 세트장에 스며들었다.

— 보정아, 너 애초부터 마음먹고 국제랑 나 이간질한 거지?
— 무슨 헛소리를!
— 갑 팀, 정신 줄 잡으시고 에 또는 아니오로 대답해 주세요.
— 뭘 다시 물어요, 아니라고요!

삐빗——삐빗——삐비빗…….

[임 보 정 : 거짓!]

— 넘어갈게. 너 허구헌 날 아프다고 늦고 조퇴하고 병가 내는 거, 솔직히 거짓말이지? 너 건강하지?
— 아니라고 선천적으로 몸 약하다고 몇 번 말 해!
그러나 이번에도 정의의 거짓말탐지기는 내 편을 들어주었다. 돌이켜 보면 내가 임보정에게 밉보여 갖은 수모를

227

당한 것도, 맨 처음 그의 근태를 붙들고 늘어졌기 때문이 아닌가. 이것만은 대강 넘어가지지가 않았다.

— 보정아, 사람이 네가 씨부리는 것만큼 몸이 안 좋으면 여러 방면에서 엄청난 손해를 봐. 진짜 아픈 사람은 너처럼 편리하게 자기 불리할 때, 책임 피하고 싶을 때만 쏙쏙 골라서 아플 수가 없어. 알겠어?

— 씨이…….

— 그리구 너, 입사할 때 제출한 이력서랑 포트폴리오랑 자기소개서, 싹 다 훔쳐 온 거지? 너 MJ기획 인턴 한 적도 대학생 때 공모전 입상한 적도 없잖아.

— 헉!

— 뭐야? 지금 이게 다 무슨 말이야.

박국제가 이것만은 참을 수 없다는 듯 끼어들었다가 이번에도 경고를 받았다. 임보정은 시간을 있는 대로 끌다 기어 들어가는 소리로 아니라고 했지만, 역시나 이번에도 거짓말이었다.

— 원래는 이쯤에서 끝내려다 갑자기 궁금해져서 묻는 건데, 너 내 자리 뒤져서 노트북 해킹했어? 니가 아까 읊어 댄 내 신상 정보들, 아무래도 출처가 내 메일함인 거 같아서.

사실 이건 긴가민가했고, 심증뿐이지만 그조차 확실하지 않았다. 임보정은 고개를 푹 숙이고 어쩔 줄을 몰라 하면서도 끝끝내 내 의심을 부인했고, 거짓말탐지기는 건조하게

'거짓' 판정을 띄웠다.

수세에 몰린 임보정의 꼴을 보면 마음이 시원할 줄 알았는데, 왜인지 더더욱 화가 났다. 나한테 무슨 억하심정이나 열등감이라도 있냐 물으려다가, 마지막 1초 전에 충동적으로 질문을 수정했다.

——너, 그러고 살면 행복하니?

——응. 행복해. 행복하고말고. 너 같은 것보단 내가 훨씬 행복할걸?

그의 입에서 나온 최초의 긍정 답변이었으나, 거짓말탐지기 결과는 이번에도 부정적이었다. 나는 여섯 개의 질문권을 전부 소진했고, 드디어 내 손으로 설계한 압승을 거머쥐었다. 언젠가의 나는 싸움에서 진 개였으나, 통한의 패배 후에도 나는 임보정 생각을 게을리하지 않았다. 임보정이 나를 밟았다는 착각에 편안할 때도, 나는 나의 편안을 박차고 그 뒤꽁무니를 쫓았다는 말이다. 수진 언니나 지구라도, 이런 나를 안다면 징그럽고 음침하게 여길지 모르겠다. 그래도 소중한 나의 동료들이 모를 나를, 박국제만은 알아 둘 필요가 있었다.

나는 임보정을 정확히 4개월 반 동안 별렀다.

박국제를 참아 온 세월은 그 세 배 정도다.

나에게는 다시 여섯 개의 총알이 주어졌고, 20분의 휴식 시간이 끝나는 즉시, 그것으로 박국제를 겨냥할 수 있었다.

24화

/

갑을 전쟁-결말

휴식을 가장한 제작진 긴급회의 시간 동안, 박국제는 어떻게든 줄행랑을 치려 안달을 했다. 그를 방어한 건 놀랍게도 임보정이었다. 자기만 죽을 순 없다는 물귀신 심리가 발동한 것 같았다. 돼지 수탉과 미친 공작새의 동맹은 깨진 지 오래였다. 그로 인해 불티나는 말싸움이 붙었고, 박국제는 임보정을 상대하다 도망 타이밍을 놓쳤다. 이것이 바로 현대판 이이제이(以夷制夷)인가 싶었다.

어수선한 세트장 구석에 쭈그려 있는 내게 시작 전 이름표를 나눠 주었던 「갑을 전쟁」 작가님이 다가왔다.

— 이제 속이 좀 시원하냐, 이것아.

— 그 말 들을 때마다 언니랑 같이 문창과 학생회 하던 시절이 그리워져요.

— 잔망 떨지 마. 소름 돋아.

— 서빈 언니, PD님은 뭐래요?

— 뭐라긴, 뭐 저런 게 다 있냐고 하던데. 너 이젠 진짜

로 어디 가서 나랑 안다고 말하면 안 된다. 상황이 꼭 너랑 내가 짜기라도 한 것 같잖아. 애초에 출연 요청은 임 대리가 한 건데도.

— 방송 나갈 수는 있대요? 엎자고는 안 하시죠?

— 지금 프로그램 자체가 위험하긴 해. 경고 누적이 워낙 많거든. 근데 우리가 망뺄을 느낄 때는 의외로 이렇게 개판 5분 전일 때가 아니란 말이지. 반대로 엄청 화기애애한 회사가 나오면 그때가 시청률 와장창이다.

— 오오, 의외네요.

— 인간들이 그렇더라. 왜냐하면 자긴 불행하거든. 거지 같은 회사 당장이라도 때려치우고 싶은데 어거지로 다니고 있거든. 그래서 회사 생활 행복해 죽겠다는 사람만 보면 개심보가 튀어 나오는 거야. 악플도 좋은 회사 에피소드에 제일 많아. 진짜 생트집 잡아서 오만 걸로 패더라고.

— 우리 거는 반응 어떨까요?

— 사실 어딜 어떻게 잘라 내도 마라맛이라…… 초토화될 것 같아.

— 역시 그렇죠?

— 근데 너 괜찮겠어? 방송 나가면 재네만 나가리 되는 거 아니야. 너도 못지 않게 욕먹을걸. 웬만하면 2부는 살살 가자. 응?

— ……

─ 아우, 애 표정 살벌한 거 봐. 몰라몰라, 이제 시간 다 돼 간다. 일단 각자 화이팅하자.

─ 네, 언니. 고마워요.

*

신동휘 씨는 프로 중의 프로였다. 박국제가 이빨을 달달 떨며 초조해하는 것과 다르게 그는 여전히 쌩쌩했고, 다소 늘어진 게스트들과 방청석의 텐션을 몇 번의 농담으로 능숙하게 끌어 올렸다.

─ 자아, 이번에도 김다정 주임님의 턴입니다. 「갑을 전쟁」 역대 출연자 중 가장 기가 세지 않을까, 감히 이런 생각이 드는데요. 자, 여기서 박국제 대표님의 소감 안 듣고 갈 수 없죠? 대표님. 대표님은 임보정 대리님과 김다정 주임님의 대결, 어떻게 보셨을까요?

─ 저는…… 저는…… 빨리 집에 가고 싶은 마음뿐입니다…….

─ 어우 대표님. 너무 피곤해 보이셔서, 빨리 보내 드려야겠다는 생각이 드네요. 그럼 긴말 없이 시작하겠습니다. '속마음 썰전' 2부! 박국제 대표님 대 김다정 주임님의 빅 매치, 가 보실까요? 레디, 파이트!

나는 혼이 쏙 빠진 박국제의 콩알 눈을 차분히 마주 대했다. 다른 동물들에 비해 인간의 흰자 면적이 넓은 것은, 눈으로도 비언어적 의사소통을 나누기 위함이라 했던가? 과연 박국제의 눈은 처연했다. 우리가 무수히 대화를 나눴던 회사에서는 아마도 내 눈이 저랬을 것이다.

— 국제야, 너…… 가능한 모든 방법을 다 써서 탈세하지?

— 커어억! 콜록, 콜록!

이 순간 박국제는 눈에 안 보이는 악귀에게 목을 졸리는 사람처럼 보였다. 놈이 헛기침을 할 때마다 여기저기서 탄식이 터져 나왔다.

— 나는, 내가 놓친 게 있을지도 모르지만, 일부러 안 낸 것은 없고오…… 앞으로 누락이 있다면 철저하게 따져 납세의 의무를 다할 것이고…….

그러나 거짓말탐지기는 야멸찼다.

삐빗——삐빗——삐비빗…….

[박 국 제 : 거짓!]

운이 좋다면 이 장면을 빌미로 세무조사가 들어올지도 모른다. 꼭 그렇게 되길 바라며, 나는 두 번째 질문을 했다.

— 국제야, 너 외부 강사님들한테 인센티브 주기 싫어서 강의 판매량 속이지?

— 큰일 날 소릴! 절대 어, 그런 일은 실수로만 일어날 수 있는 어떤 누락에 대해서 내가 알기로는 어…….

삐빗—삐빗—삐비빗…….

[박 국 제 : 거짓!]

— 너 솔직히 보정이가 나 괴롭히는 거 알고도 방관했지? 솔직히 고소했지?

— 그건 네가 하도 건방지게 구니까 어련히 둘이 싸웠겠거니 한 거고 괜히 내가 끼는 것보다는 여자들끼리 대화를 해서, 이렇게 잘 풀면 될 거라고…….

— 왜 이래? 너 내가 보정이한테 말만 걸어도 불러다가 협박했잖아?

— 대표님, 거듭 말씀드리지만 예스나 노로 대답하셔야 합니다. 엄연한 룰이에요.

— 끄응……. 예, 예스…!

이제서야 학습이 시작된 박국제를 응원하듯, 거짓말탐지기는 기쁘게 〔진실〕 시그널을 띄워 주었다.

— 너 일하는 척 대표실에 콕 박혀서, 너보다 열다섯 살 은 어린 여자들한테 DM으로 집적거리지?

— 이봐요들, 누가, 누가 쟤 입 좀 막읍시다. 이게 예능 입니까, 정치인 청문회입니까? 마녀사냥이라고!

— ……

그러나 신동휘마저도 표정이 썩어 박국제의 말에 대꾸 하지 않았다. 방청객석 쪽에서 심히 불쾌해하는 기색의 웅 성임이 흘러나왔다. 박국제는 콧구멍을 발랑발랑거리며 부 정했지만, 거짓말탐지기는 이번에도 가차 없이 놈의 거짓말 을 썰어 버렸다. 이쯤에서 PD가 한 번 녹화를 멈췄다.

— 음……. 을 팀 출연자 분, 기세 좋고 박력 좋고 오늘 녹화 어차피 아사리판이긴 한데. 우리 지금부터 두 개는, 소 프트하게 대본대로 갑시다. 하하하, 리얼해서 좋습니다. 근 데 이거 내부에서 합의된 대본인 거죠? 그니까 저희 대본대 로 안 하시기로는 합의를 하고 나오신 거죠. 우리 사장님이 랑 직원 분들이랑.

— ……

— ……

— ……

— 그래야…… 만 하는 건데.

나는 PD 쪽을 향해 "네! 맞아요. 그럼요!" 대답하며 꾸 벅 고개를 숙였다. 그리고 본래 대본에 있던 것 중 그나마 쓸 만했던 질문을 상기했다. PD가 "분위기 좀 바꿔서, 명랑하게! 명랑하게!" 소리치자 녹화가 재개되었다. 명랑하게 하자니까 나는 일단 헤죽 웃었다. 그리고 목소리를 한 톤 높여 소리쳤다.

— 박국제! 너어! 40 중반 되도록 모쏠이지!

— 우하하하!

— 하하하!

— 이이익……

박국제는 '모태 솔로'의 정의부터가 애매하다며 모태 솔로가 아니라는 궤변을 펼쳤지만, 거짓말탐지기의 생각은 달랐다. 탐지기가 탐지하는 것이 결국 박국제의 본심이라는 걸 생각하면 본인도 자길 모태 솔로라 정의한다는 말과 같았다.

나의 여섯 번째, 마지막 질문은 거의 말장난이었다. 사실 이건 「갑을 전쟁」 다른 편에도 자주 등장하는 일종의 밈 같은 것이었다.

— 솔직히 너, 네가 잘생겼다고 생각하지?

박국제는 "전혀 그렇게 생각하지 않는다."라며 길길이 뛰었지만, 실은 자기 스스로 잘생겼다고 생각한다는 낯 뜨거운 사실만을 대중에게 들키고 말았다. 차라리 농담에 배팅하는 척 수긍하고 거짓 판정을 받았으면 약간은 웃겼을 텐데 말이다.

나는 비공식 박국제 전문가로서, 마지막 두 개의 질문이 오히려 핵심을 관통했다고 본다. 저놈의 빈약한 자아는 탈세자일 때, 직장 내 괴롭힘의 주도자거나 방관자일 때, 어린 여성을 희롱하는 해충이 될 때 오히려 강해졌다. 왜인지 몰라도 박국제는 사회적 합의나 안정망을 구둣발로 박차면서 쾌감을 느끼는 것이었다. 아니, 사실은 왜인지 알고 있었다. 짓밟아 부수고서도 책임지지 않는 것, 잘못하고서도 심신이 가뿐한 것, 그리하여 잘못을 반복해도 되는 자유를 다시 얻는 것……. 일련의 배덕을 박국제는 권력이라 믿었다.

코딱지만 한 회사 하나 제대로 못 꾸리면서 스스로를 봉건 영주쯤으로 생각하는 박국제는 여자들이 왜 힘 있고 돈 많고 잘생긴 본인을 싫어하는지 영원히 이해하지 못할 것이었다. 박국제는 주제넘게 매일 여성들을 고르지만, 여성들의 선택지에는 박국제의 존재 자체가 없었다. 그는 여자들의 남자 친구 목록에 틀린 선택지로도 존재하지 않았다. 매일 찌그러진 주전자처럼 콧김이나 북북 뿜는 추남을, 머리숱보다 다리털이, 다리털보다는 코털이 더 빽빽한 머저리를, 대체 누가 사랑할 수 있단 말인가?

*

지옥 같은 녹화가 끝난 후, 나는 박국제에게 잡혀갔다.

박국제가 실제로 내 티셔츠 어깻죽지를 잡고 질질 끌었으므로 '잡혀갔다'라는 표현이 딱 적절했다. 임보정은 없는 걸 보니 진작 나른 모양이었다. 솔직히 머리가 제 기능을 한다면 이 순간 나를 잡을 일이 아니라 PD나 작가를 붙잡고 방영 여부를 협상해야 할 때였다. 박국제는 방송국 외부 후미진 흡연 구역으로 나를 데려갔다. 신이 나를 도운 건지 버린 건지, 흡연 구역에는 사람의 기척이 없었다.

—아오, 이걸 진짜아아악!

—죄송.

사과가 무색하게도 박국제가 와락 내 멱살을 잡고 흔들었다.

—너 나 놀리니? 이제와서 죄송? 죄송? 콱 씨 한 대 쥐어패 버릴까 보다!

—꺄아악!

박국제가 기어코 나를 한 대 치려는 듯 손을 높이 휘둘렀다. 다행히도 그 손은 곧 다시 놈의 주머니 속으로 들어갔다. 박국제는 나한테 인터폴에서 수배 중인 갱단이나 할 것 같은 험한 말을 퍼붓다가, 경비 아저씨가 접근하자 땅에 걸쭉한 가래침 덩이를 칵! 뱉고 사라졌다. "넌 아주 죽을 줄 알아." 끝까지 악담은 덤이었다.

—저 인간 뭐 하는 놈이야! 아가씨, 괜찮아요? 무슨 일 난 거야?

── 하, 저희 회사 대표님인데…… 제가 큰 실수를 해서 화가 많이 나셨어요.

── 뭐요? 세상이 어떤 세상인데 부하 직원한테 함부로 손찌검을 해!

── 때린 건…… 아니에요.

── 지금 아가씨 꼴을 봐요. 여기 멱살이 다 늘어나서 어깻죽지까지 휑하다고. 목덜미도 벌겋네.

── 흐윽, 흑…….

나는 일면식도 없는 경비 아저씨 앞에서 눈물을 터뜨렸다. 오늘 하루 쌓인 극도의 긴장과 피로와 함께 속절없이 무너져 내렸기 때문이었다. 수진 언니와 지구에게서 전화가 빗발치지 않았다면, 해가 질 때까지 경비 아저씨를 곤란하게 만들며 눈물을 짰을지 모른다.

25화
/
김다정, 퇴사하다

　　방송국에서 탈주한 후 출근을 멈추었다. 근로 계약서에
"(을)은 최소 1개월 전, 사측에 퇴직 의사를 밝히고 일정과
인수인계를 합의해야 한다."라는 조항이 있었기에 걱정이 되
었으나 오래가진 않았다. 박국제가 먼저 헐레벌떡 나를 해
고했기 때문이었다. 심지어 근거 없이, 해고를 당한 내가 식
음을 전폐하고 눈물을 짤 거라 망상까지 해 대는 중이었다.
혹시 본인 이야기는 아닐는지……

　　나는 그러거나 말거나 내버려 두었다. 수진 언니나 지구
에겐 차라리, 내 근황을 일러바치는 척 거짓 정보를 흘려서
라도 역성을 들어 주는 게 어떻냐 권하기도 했다. 박국제
가 엉뚱한 수진 언니와 지구를 붙잡고 하루 종일 괴롭힌다
는 소리를 들어서였다. 심지어 대표실에 둘을 앉혀 놓고 눈
물 없이 보기 힘든 깡소주 쇼를 벌이기도 했단다.

　　── 김다정이 그게 인두겁을 쓰고 이럴 순 없는 거야. 내
가 지한테 얼마나 잘해 줬느냔 말이야, 꺼이꺼이……

술에 취해 이런 주정을 돌림노래처럼 하느라 여력이 없다는 거였다. 이쯤 되니 수진 언니와 지구는 「갑을 전쟁」 녹화에서 대체 무슨 해괴한 쇼가 벌어진 건지 궁금해 미칠 지경이라고 했다. 그러나 안타깝게도, 우리 회사의 회차는 무기한 방영 보류 상태였다. 나로선 일자리와 내일채움공제 만기, 어디에도 없을 좋은 동료들 등 나름 전부를 걸고 배팅한 한 방이 유야무야 소멸된 셈이었다. 속상했지만 납득이 안 가는 바도 아니었다. 사실 내가 그날 세트장에서 벌인 것은 「갑을 전쟁」도, 심지어 그냥 전쟁도 아니고, 저잣거리 시정 잡배들의 드잡이에 불과했으니 말이다.

임보정도 나와 동시에 증발했고, 해고됐다. 나는 지구를 통해 내 짐을 돌려받기라도 했지만, 민심을 잃은 지 오래인 임보정은 부탁을 할 사람도 없었을 것이다. 버리기에도 놔두기에도 찝찝해진 그의 물건들은 박국제의 생난리 때문에 봉인된 채 창고에 처박혔다. 박국제가 임보정의 소지품을 불태워 회사에 덧씌인 부정한 기운을 몰아내야 한다고 우긴 것은 물론이다. 내 생각에 임보정에게 먹힌 결정타는 박국제 모욕 적발, 심지어 김다정 PC 해킹 사건도 아니었다. 그를 둘러싼 이력과 경력이 전부 가짜라는 것, 그것을 하필 동갑내기 앙숙인 내가 폭로의 형태로 끄집어냈다는 것이었다. 박국제는 어찌하여 빈자리를 팰 때도 만만한 이를 골라 때리는지 모를 노릇이었다.

그러던 어느 날이었다. 느즈막히 일어나 유튜브를 켰다가 믿을 수 없는 광경을 목도했다. 알고리즘을 타고 피드 최상단에 오른 영상 섬네일 속에, 다름 아닌 내가 있었다. 나만 있는 것도 아니고 박국제, 임보정, 신동휘 씨까지 옹기종기 하나의 캡처 속에 담긴 채였다.

스타트업 미친X들의 역대급 개싸움ㄷㄷㄷ.avi
게시자: 예능무제한제공거짓말사건 | 조회수: 1.2만 회 | 2시간 전

내 얘기가 아니더라도 한 번쯤은 눌러 볼 만큼 자극적인 제목이었다.

영상은 방청석 쪽에서 무리하게 줌을 당겨 찍은 것처럼 자주 흔들리고 화질 또한 불안정했다. 그러나 가끔씩 또렷해지는 순간에 얼마든지 우리 3인방의 이목구비를 식별할 수 있었다.

[김다정! 너, 맨날 니 패거리들 데리고 대표님 뒷담화 까지?]
[후우 후우 후우 훗……. 그럼, 당연하지. 욕도 그냥 욕이 아니라 쌍욕을 해. 네가 묻지 않은 것까지 더 말해 주자면, 나는, 니 욕도 하루 종일 해.]
[뭐, 뭐……?]

[솔직히 요즘 회사에서는 쟤보다 니가 더 욕 먹어. 됐니?]

삐빗 ― 삐빗 ― 삐비빗……. 진실!

[이씨, 너, 너너! 너 인터넷에 낯 뜨거운 야설 써서 용돈 벌지?]
[…….]
[네, 김다정 주임! 녹화 시작 후 처음으로 말문이 막혔는데요. 자아, 대답 카운트 들어갑니다. 오, 사, 삼……]
[응, 19금 딱지 붙은 소설을 쓰기는 해. 그런데, 어……. 굳이 정정하자면 아직 수익이 난 적은 없어.]

삐빗 ― 삐빗 ― 삐비빗……. 진실!

[보정아, 너 애초부터 마음먹고 국제랑 나 이간질한 거지?]
[무슨, 무슨 헛소리를!]
[갑 팀, 정신줄 잡으시고 예 또는 아니오로 대답해 주세요.]
[뭘 다시 물어요, 아니라고요!]

삐빗 ― 삐빗 ― 삐비빗……. 거짓!

[너 허구헌 날 아프다고 처늦고 조퇴하고 병가 내는 거, 솔직히 거짓말이지? 너 건강하지?]

[아니라고 선천적으로 몸 약하다고 몇 번 말 해!]

삐빗 — 삐빗 —, 삐비빗……. 거짓!

이렇게 될 것을 예상했지만, 오히려 이렇게 되라고 더 날뛴 것도 있지만 막상 악에 받쳐 게거품을 문 내 모습을 보고 있자니 낯이 뜨거웠다. 댓글창에는 벌써 '130+'이라는 숫자가 아른거렸다. 용기 내 눌러 본 사람들의 반응은 정말 여러 가지였다. 웃기다는 사람이 있으면 불쾌하다는 사람도 있었고, 자기 같다는 사람도, 자기라면 절대 저렇게는 하지 않는다는 사람도 있었다. 여느 유튜브 클립들의 댓글창처럼 번잡하고 와글와글했다. 별다를 게 없어서 나는 안심했다. 훑어보니 개중 제일 중복되는 댓글은 "그래서 이거 방송은 언제 하느냐, 본방이 궁금하다."라는 질문이었다.

그날 오후, 서빈 언니가 링크 몇 개를 보내 주었다. 눌러 보니, 내가 찾은 것 외에도 다각도의 촬영본들이 유출된 모양이었다. 언니 말로는 일이 묘하게 되었다고 했다. TYC 측에서 유튜브 내 과열 반응을 긍정적 기대감으로 해석, 결국 우리 회사 출연분을 송출하기로 결정했다는 거였다. 서빈 언니는 너 때문에 골 아파 죽겠다며 엄살을 부렸지만 내심 신나 보였다. 물론 나도 마찬가지였다. 수진 언니나 지구,

혜은 씨는 대놓고 환호를 보냈다. 자연스럽게 본방 날에 우리 집에 모여 맛있는 걸 먹으며 시사회를 하자는 약속이 잡혔다.

대망의 금요일. 회사 근처 카페의 케이크, 내가 좋아하던 가게의 닭강정 따위를 바리바리 싸들고 동료들이 찾아왔다.

── 주임님, 이 닭강정 좋아하는데 못 드셔서 그리울까봐 사 왔어요.

── 안 그래도 되는데. 아냐, 사실은 먹고 싶었어요. 고마워요, 혜은 씨!

── 야, 출근 안 하니까 좋아? 얼굴에서 광이 나네.

── 아냐, 지구야. 이건……. 개기름이야.

── 출근 안 한다고 안 씻는 거야?

── 출근도 안 하는데 왜 씻어? 물 아깝게.

── 다정, 더러워!

우리끼리의 편안함이나 즐거움은 여전했지만, 내가 회사를 그만둔 며칠 사이 새로운 일들이 생겨났다. 물론 국제마인드뷰티콘텐츠그룹에서 새로워 봤자 박국제가 비트코인으로 거액을 날렸다거나, 결혼정보회사 가입을 거절당했다거나 하는 식의 몰라도 좋을 소식들뿐이었지만, 앞으로 내가 모르는 것들이 더 많아지리란 예상에는 조금 쓸쓸한 마음이 들었다.

하지만 '만남이 있으면 헤어짐이 있다'라는 인간관계의 진리가 매번 통용되는 곳 또한 회사였다. 어쩌면 그 말은 아예 틀렸을지도 모른다. 회사원은 자기가 만나게 될 사람을 직접 고를 수 없으니 말이다.

그러나 비관하지 않기로 했다. 어쨌든 내 곁에는 지금 내 일이라면 두 팔 걷고 달려와 주는 고마운 동료들이 셋이나 있었다. 이제는 '동료' 말고 '친구'라 불러도 좋을, 너무 좋은 사람들이 말이다.

지루한 광고 시간이 끝난 후, 내 원룸의 작은 TV는 드디어 「갑을전쟁」 오프닝 영상을 비추고 있었다. 회사를 그만두고 가장 조용한 시간을 보내는 와중에 전쟁이 시작된다니, 말장난 같다는 생각이 들었다. 나는 떨리는 마음으로 시청자에게 인사를 건네는 MC 신동휘를 바라보았다. 내 기억이 맞다면 저 인사가 끝나고 나와 박국제와 임보정이 나올 예정이었다.

26화

/

전쟁이 끝난 뒤, 승자와 패자

결론부터 말하자면, 「갑을 전쟁」 28회 '국제마인드뷰티 콘텐츠그룹' 편은 공중파 예능 역사상 다시없을 화제성과 논란을 한꺼번에 몰고 다녔다. 밈이나 클립들이 어찌나 빨리 파생되고 사라지는지 당사자인 나조차도 내 얼굴이 어딜 떠도는지 파악할 수 없었다. 나는 유명세를 톡톡히 치르는 중이었다.

나는 여전히 우리 부모님의 자식, 내 동생의 언니, 누군가의 친구 혹은 아는 사람 정도의 평범한 김다정이었으나 네티즌들은 나를 '스타트업 미친X', '갑을전쟁 사이다좌', '김다정 장군' 등으로 칭했다. 처음에는 그래 봐야 일주일 안에 잊힐 거라 생각했다. 「갑을 전쟁」 화력이 아무리 세다 한들, 바쁘디바쁜 현대사회의 속도를 따라가진 못할 거라고. 실제로 흉악한 범죄자나 부패한 정치인, 물의를 일으킨 연예인들도 얼마든지 잊히는 세상이었다.

그러나 나의 경우, 인터넷에 얼굴과 실명이 박제되고 별

명 몇 개 생기는 정도는 시작에 불과했다. 「갑을 전쟁」의 여파는 빠르게 인터넷 세상을 넘어 내 실제 삶까지 스며들었다. 일단 부모님이 나를 쪽팔려하기 시작했다. 부모님께 직접 여쭤보고 확답을 받은 사안이니 에두른 착각도 아니다. 가족 내에서 나를 창피해하지 않는 사람은 동생뿐이었다. 오히려 친구들에게 나를 자랑하고 다녔다. 자기 사업을 위해 언니 이름을 팔아 팔로워를 모으고 싶다고 했고, 언니 같은 돌아이의 동생이라는 소문이 나면 아무도 자길 건드리지 않을 것 같다고도 했다. 쟤도 멀쩡한 상태는 아닌 것 같았다.

사그라들기는 커녕 네티즌들은 시시때때로 나를 건드렸다. 살면서 이렇게 많은 악플을 받아 본 것은 처음이었다. 내가 직접 받는 악플들에 비하면, 그 옛날의 팡팡 사태쯤은 스트레스도 아니었다. 악플의 종류는 김치의 종류만큼이나 다양했다. 냅다 박아 버리는 쌍욕부터 나의 싸가지 지적, 외모에 대한 비아냥, 부모님의 존재와 가정교육 시행 여부, 성형수술 여부, 여고인지 공학인지 여부 등등.

무시와 침묵으로 일관하자 나의 지인이라는 사람들이 나타나기 시작했다. 그 사람들이 근거 하나 제시하지 않고 풀어 대는 썰에 의하면, 내가 청소년 때부터 부산 여자 깡패로 유명했단다. 내가 동네 건달에게 사주해 그 당시 학년 주임 선생님을 처리하기도 했단다. 나는 경기도 토박이인데 말이다. 그 외에도 운동권 출신이란 썰, 이혼녀라는 썰, 개명을 세 번 했다는 썰, 지금 한창 시끄러운 야당의 뇌물 수수 비리를 무마하기 위해 어그로 사주를 받았다는 썰 등등이 난무했다. 참다 못해 소문들을 해명하는 장문의 글까지 올렸으나 약간의 주목도 끌지 못했다. 사람들은 솔직하고 잔인했다. 자극적이지도 않고 길고 딱딱하기만 한 해명문 따위에는 눈길도 주지 않았다. 나는 신경쇠약에 걸리기 직전까지 추락했고, 부모님의 권유를 받아들여 악랄한 악플러 몇을 고소했다. 다행히 「갑을 전쟁」에서 승리 후 상금으로 받은 돈이 조금 남아 있었다.

악플만큼이나 치명적인 건 재취업 길이 완전히 막혔다는 사실이었다. 얼굴과 이름이 너무 팔려서, 가까스로 면접 기회를 잡아도 결과가 좋지 않았다. 나라도 전 직장을 그렇게 초토화시키고 나온 직원을 내 회사에 두고 싶지는 않을 것이었다. 조금만 쉬다 일 시작하면 되겠지, 안일하게 생각했었는데 점점 초조해서 견딜 수가 없었다.

그래도 내 처지는 박국제와 임보정에 비하면 훨씬 나았다. 나에게는 악플만 쏟아지는 것이 아니었다. 악플도 많을 뿐, 악플만 많은 것은 아니었다. 그러나 박국제와 임보정에게는 차마 어디 적기도 무서울 정도의 욕과 저주들만 쏟아졌다. 그들의 이름을 검색하면 대놓고 아주 심한 인신공격을 퍼부어 놓은 글과 영상, 댓글들을 어렵지 않게 발견할 수 있었다. 수진 언니가 귀띔해 준 내용에 따르면 회사 역시 망하기 직전이라고 했다. 더 이상 박국제가 강의 콘텐츠에 등장할 수는 없었고 외부 강사라도 초빙해야 하는데 요즘은 국제마인드뷰티콘텐츠그룹과 협업을 하겠다는 강사가 어디에도 없다는 거였다. 사실 이것은 좀 고소했다. 그러니까 누가 강사들 돈 떼먹으랬냐 싶었다.

박국제 팬카페도 고비를 맞았다. 그곳은 내 생각보다 훨씬 음습하고 입체적인 곳이었다. 샘샘도사 사건 때도 느꼈지만, 연령대만 높지 채팅 매너나 인터넷 윤리는 개나 준 회원들밖에 없는 곳이기도 했다. 그래서일까? 팬카페는 오히려 박국제를 감싸고 돌았다. 곁다리 팬들은 진저리 치며 떠나갔지만, 소위 '네임드'라 불리는 코어 팬들은 꽤 오랫동안 옹호 스탠스를 유지했다. 그러나 팬클럽 내부에서 곪아 온 비리가 터지는 순간부터는 급격히 붕괴했다.

가장 짜증 나는 진실은, 팬카페 회장이 알고 보니 박국제의 매형이었다는 사실이다. 그는 매월 박국제에게서 운영비 명목의 돈을 받았고 회원 수가 비약적으로 늘어난 달에는 인센티브까지 야무지게 챙겨 갔다. 문제는 매형이 반년 전 박국제의 누나와 이혼하면서부터 생긴 듯했다. 그는 전처를 미워하다 박국제까지 미워하게 되었고, 남매를 미워하는 만큼 돈을 사랑하게 되었다. 그래서 팬클럽 공금을 횡령

하기에 이른다. 매형은 적발되자마자 박국제를 물고 늘어지다가, 여의치 않자 박국제와의 카카오톡 대화 전문을 폭로한 채 잠적해 버렸다.

대화는 실로 가관이었다. 박국제가 횡령에 가담한 내용보단 여성 회원들에 대한 수위 높은 성희롱, 회사 직원들 욕, 김샘과 유지안 등 인플루언서에 대한 루머 생성 및 비방 내역이 빼곡했다. 박국제는 머지않은 미래에, 이 대화의 유출로 인한 매우 성가신 소송 몇 건에 휘말리게 된다. 팬카페는 버티다 버티다 내가 주차장에서 박국제한테 협박당하는 영상이 공개되던 날 결국 폐쇄되었다. 도망 중인 박국제의 매형도 전 처남이 폭력 쓰는 영상만은 두고 볼 수 없었는지 조치가 매우 빨랐다. 그러나 인터넷 곳곳으로 영상이 퍼지는 걸 막을 순 없었다. 그 영상은 팬카페에서 유튜브로 역수출되어 박국제 측에 여론 KO패를 안겼다. 졸지에 카페가 없어져 소통 창구를 잃은 회원들은 급한대로 'I HATE JAMES'를 만들어 서로를 위로하고 박국제를 욕하며 놀고 계시다는 후문이다.

*

솔직히 나나 박국제, 임보정 모두 일종의 당사자였다. 예상했든 예상하지 못했든, 「갑을 전쟁」을 그 지경으로 파탄 낸 것은 우리들이었다. 그러나 수진 언니, 지구, 혜은 씨는 아니었다. 그들은 참전자가 아니었지만 사건의 여파를 고스란히 함께 맞는 중이었다. 작은 회사에서 오래오래 사수 없이 일하는 게 꿈이라던 수진 언니도, 여기가 집에서 제일 가까워 좋다던 지구도 결국 퇴사를 생각하는 중이었다. 이곳에서 내일채움공제를 시작했던 혜은 씨는 자기는 어떻게든 버틸 생각이었는데, 회사가 버티지 못할 줄은 몰랐단다.

나는 이 지경이 되어서야 서빈 언니가 재차 "괜찮겠냐." 라고 물어 온 이유를 알 것 같았다. 당일을 생각하면, MC 신동휘 씨가 녹화 내내 입버릇처럼 외치던 멘트가 저절로 재생되었다.

「갑을 전쟁」도 엄연히 '전쟁'이라구요!

그 말을 오래 곱씹다가 비로소, 전쟁의 함정을 깨달았다.

싸움에는 늘 승자와 패자가 명확하게 존재하는 것처럼 보였다. 우리는 승자를 숭배하고 패자를 멸시하지만, 사실은 덜 다친 쪽과 더 다친 쪽으로 나뉠 뿐이었다. 그렇다면 진짜 전쟁이란 서로간의 싸움만이 아니었다. 양껏 싸운 후 파괴된 것들의 복구. 바로 그것까지가 진정한 전쟁이었다.

이번에 훼손된 어떤 부분들은 내가 아무리 용을 써도 복원되지 않을 것이다. 평생 보이지 않는 사람들의 시선을 의식하며 두려워하는 사람이 될지도 모른다. 「갑을 전쟁」 따위 뭔가 싶다가도, 내 인생을 그 전으로 돌릴 수 없음을 떠올리면 아주 큰 격랑처럼 느껴지곤 했다.

　그러나 나는 나보다도 시간을 믿는다. 인생은 절대로 고이지 않는다. 인생이 고이는 종류의 속성이었다면 애초부터 내가 국제마인드뷰티콘텐츠그룹으로 흐를 일도, 그곳을 스스로의 힘으로 나올 일도 없었을 것이다. 아직 괜찮지 않다면 시간이 더 흘러야만 한다는 뜻이었다.

*

　사실 나는 운명처럼 달콤하고 말랑말랑한 것을 믿는 사람은 아니었다. 특히 국제마인드뷰티콘텐츠그룹이라는 '언러키'한 스타트업을 거친 후에는 더더욱 메마르고 강퍅한 젊은이가 되었다. 신이 씨 뿌리고 키운 적 없는 자연발생적 고사리처럼. 그럼에도 가끔 어떤 일은 너무나 운명 같다는 생각에 심장이 뛰곤 했다. 세상은 내 편이 아니지만 가끔씩은 내 편처럼 오해받을 만한 행동을 했다. 박국제의 성역이자 영지이고, 터전이자 고향이었던 국제마인드뷰티콘텐츠그룹이 드디어 망했다는 소식을 들었을 때 느낀 바였다. 망한 것 같거나 망하기 직전인 게 아니라, 완전히 폐업이었다. 나는 박국제에 대한 원망을 「갑을 전쟁」으로 거의 해소한 상태라고 생각했다. 그러나 아니었던 모양인지 박국제가 쫄딱 망했다는 소식에 체통 없이 기분이 좋았다. 체통뿐 아니라 물색

마저 없이, 음악도 없이 포효하며 방 안을 덩실덩실 돌아다니는 춤을 췄다면 믿으려나?

진심으로 안타까운 것이라면 수진 언니나 지구, 혜은 씨의 향후 거취 문제였다. 하지만 폐업이 결정된 날, 그들 셋이 KF94 마스크를 세 겹씩 끼고 클럽에 놀러 가 흔들어 재꼈다는 소식을 듣고 나서는 조금 안심을 하기도 했다.

우리들의 앞날은 모두의 예상을 뒤엎는 식으로 흘러갔다. 나는 몸이 날렵하고 강단 있고 체력도 좋은 지구가 운동을 하고, 머리 좋은 수진 언니는 공부를 하고, 혜은 씨는 바로 이직에 도전할 줄 알았다. 심지어 본인들도 본인들이 그럴 거라는데 동의했었다. 그러나 3개월 후, 반갑게 다시 얼굴을 보고 근황을 나눴을 땐 모두가 깜짝 놀랐다.

수진 언니는 필라테스 강사 자격증을 따기 위해 지도자 과정 클래스를 수강 중이라고 했다. 시간이 남는 김에 요가까지 배우는데 그 또한 너무너무 자기한테 잘 맞더란 거였다. 언니는 비로소 인정했다. 자기는 생각보다 섬세하고 내향적인 타입이라고. 그래서 공들여 내면을 정돈하는 시간들이 반드시 필요하다고. 국제마인드뷰티콘텐츠그룹에서는 그런 게 전혀 가능하지 않았다고, 박국제의 변덕에 따라 정신없이 일을 쳐내고 칭찬받던 이수진이 대체 누군지도 모르겠다고 했다.

지구는 잠시 접어 두고 돌아온 공부를 위해 미국으로 돌아가고 싶다는 뜻을 밝혔다.

— 너 진짜 명예 아메리칸이 되려는 거야?

내가 묻자, 농담으로 받아들인 지구가 깔깔 웃었다. 하지만 1~2분 후에는 누가 먼저랄 것도 없이 서로를 부둥켜안고 한껏 눈물을 흘리고 있었다. 이번에 보내면 지구를 다시 만나지 못할 수도 있겠다는 예감이 들었다. 명예 아메리칸이면 차라리 낫지, 진짜 아메리칸이 되면 어떡한단 말인가…….

*

혜은 씨와 연락한다면 당연히 안부 카톡이나 짧은 전화 정도일 줄 알았다. 혹여 만나게 된다면 근사한 카페에서 폭소를 나누게 되지 않을지. 그러나 혜은 씨는 예상과 정반대로 어느 날 늦은 저녁 불쑥 우리 집 앞에 나타났다. 한눈에도 짊어진 비밀을 버거워하는 티가 마구 나는 얼굴이었다.

— 혜은 씨! 잘 지냈어요? 여기까진 웬일이에요?

— 보정 씨가 갑자기 절 찾아왔을 땐 너무 황당하길래 나는 다른 사람한테 그러지 말아야지, 했는데 결국 주임님한테 똑같은 짓을 하고 있네요. 죄송해요.

— 죄송할 것까진 없죠, 그나저나 임보정 씨가 혜은 씨를 찾아왔다구요?

— 으으으, 네. 그분 진짜 기 빨려요. 저 기다리느라 이틀 동안 저희 집 근처 피시방에서 밤 새웠다길래 놀라서 나갔거든요. 진짜일까 봐.

혜은 씨는 당시의 고초가 떠오르는 듯 몸을 잘게 떨었다.

— 이틀 밤 새운 건 사실인데 그냥 본인 하시는 게임 때문이었더라구요. 지금 전설템 드롭률 열 배 이벤트 중이라나 뭐라나. 결국 그 템 얻을 때까지 제가 되레 옆에서 기다려 드렸어요.

— 에휴, 남의 시간 우습게 아는 건 여전하네요.

— 나름 맘고생 했는지 사람이 더 마르고 퀭해졌던데요. 예의상 밥이나 커피 드시겠냐 물어봤는데 그것도 싫대요. 그래서 피시방에서 계속 얘기했어요. 웃기죠?

— 임보정 씨가 우리 중 누군가를 찾아간다면 혜은 씨일 줄은 알았어요.

— 네에? 왜요?

— 그 사람이 우리 다 싫어해도 혜은 씨는 좋아했잖아요. 자기 딴에는 친구라고 생각했을지도요.

이 말은 괜히 했나 싶었다. 혜은 씨가 진심으로 공포스러워했다.

— 저는 그냥 그분도 사람이니까 주임님, 대리님, 과장님 앞에 나타날 면목은 없어서 만만한 나한테 왔구나 싶었어요. 실제로 그런 말 했거든요. 회사 사람들한테 사실 미안

하다고. 진심인진 모르겠지만요.

임보정 씨가 누군가에게 미안해하는 모습 따윈 잘 상상이 되지 않았다. 혹여 혜은 씨가 착해서 그렇게 오해하는 것은 아닌지.

— 특히 주임님한테는 얼굴 보고 사과하고 싶대요. 저한테 대신 물어봐 줄 수 있냐길래 오늘 여기 온 거예요. 톡이나 전화로 할 얘기는 아닌 거 같아서요. 주임님은 어떻게 생각하세요?

— 나는…… 싫어요. 솔직히 놀랍거나 하진 않거든요? 임보정 씨가 만나자고 하는 상황 상상 안 해 본 것도 아니고. 근데 안 내키네요. 임보정 씨한테도 나름의 사정이나 사연이 있었을 거라고 생각해요. 사람 성격이 그 정도로 비뚤어졌으면 그 인생도 순탄치는 않았겠죠.

— 네, 맞아요. 저한테 이것저것 많이 털어놓고 가셨는데, 어릴 때부터 되게 험난하게 살아온 분이더라구요.

— 혜은 씨는 그 사정 다 들으니까 어땠어요? 공감이 좀 되던가요?

— 솔직히…… 주임님이 서운해하실 수도 있지만, 저도 모든 걸 다 납득한 것 건 아니지만…… 어느 정도는…… 아주 조금은 이해가 됐어요. 불쌍하다 이런 느낌이요…….

— 그쵸? 바로 그게 그 사람 보기 싫은 이유예요. 나도 아직 너무 힘들고, 내 일상도 뭐 하나 정리된 게 없어요. 그

와중에 내 마음이 임보정 씨 사정 듣고 이해하는 쪽으로 기울면 어떡해요. 그럼 나는, 내가 이렇게 다 뒤집고 온 길은 뭐가 되냐 말이에요. 혹시라도 동정심 생길까 봐, 용서하고 싶어질까 봐 영영 만나기 싫어요. 혜은 씨한테는 고맙게 생각해요. 서운한 마음 전혀 없구요. 그리고 임보정 씨는 좀 특이하잖아요. 난 사실 그 사람이 하나도 안 미안하면서 우리 놀리고 있을 가능성도 낮지 않다고 봐요.

— 주임님 말씀이 맞아요. 저 같아도 의심될 거예요. 근데 미안하단 말은 진짜 같았어요. 음…… 이건 임보정 씨가 말하지 말아 달라고 부탁한 건데요. 그냥 얘기할게요. 최근에 올라온 그 주차장 영상, 그거 임보정 씨가 뿌린 거래요.

— 네? 주차장에서 저 욕먹고 쥐어 터지는 영상 그거요?

— 네. 자기가 그날 우연히 보고 찍은 건데 주임님 인터넷에서 욕 너무 많이 먹으시길래 속죄의 의미로 올려 줬대요. 사실 회사랑 팬카페 「갑을 전쟁」으로 망하고, 주차장 영상으로 쐐기박은 거잖아요.

— …….

— ……속 시끄럽게 만들어서 죄송해요, 주임님. 이제 그만 가 볼게요. 얼른 쉬세요.

혜은 씨는 큰길까지 바래다주겠단 나를 끝끝내 거절했다. 아무것도 거절 못 하는 사람이라 생각했는데, 의외로 이럴 땐 무척 단호하고 완고했다. 당연했다. 혜은 씨에게도 내가 모르는 어떤 면이 있을 거였다. 그렇다면 보정 씨에게도 내가 모르는 면이, 내가 보지 못한 상식적이고 선한 면이 있다고 해석해야 하는 걸까. 여러모로 잘 모르겠다는 생각이 들었다. 처음으로 「갑을 전쟁」에 출연한 사실 자체를 후회했다.

에필로그

어느 날 나에게 한 통의 메일이 도착했다.

☆ **[출간 제안] 김다정 선생님께**
보낸 이: 오희라 heerachacha***@checkmoonnui.com
받는 이: 김다정 dj18dj18dj18dj***@whynet.com

안녕하세요, 저는 출판사 '책크무늬' 편집자 오희라라고 합니다.

얼마 전 선생님이 출연하신 「갑을 전쟁」을 너무 재미있게 본 팬이기도 한데요.

방송을 보고 이분의 일상적 모습은 어떨까, 흔적을 찾다가

네이트판에 올리신 해명글과 평소 SNS에 게시하신 조각글 등등을 읽게 되었습니다.

글이 유독 일목요연하고 힘차서 다른 글들도 읽어 보고 싶어졌어요. 그것들을 엮어서 소설집 형태로 출간하는 것 어떨지 제안드립니다.

「갑을 전쟁」 이후 혼란스러우시겠지만, 글로 더 풀어내고 싶은 이야기도 분명 있으실 것 같아요. 부디 저희 출판사와의 작업을 긍정적으로 검토해 주시면 감사하겠습니다.

고민에 도움이 되실까 하여, 기획 중인 도서의 간단한 개요도 함께 첨부드립니다.

만약 시간이 되신다면 한번 만나 뵙고 더 자세한 설명을 드리고 싶습니다.

*도서 제목: 언 러키 스타트업(가제)

*저자: 김다정 (필명을 쓰셔도 괜찮아요.)

*내용: 「갑을 전쟁」 보다 더 생생한 실제 「갑을 전쟁」 이야기.

*타깃 독자: 20~40대 여성, 스타트업 근로자. 너무 무겁지 않은 시트콤 느낌이었으면 합니다만, 내용에 관해선 함께 이야기해 봐요.

그럼 천천히 회신 주세요. 감사합니다.

오희라 드림.

그렇게 싫어하던 「갑을 전쟁」 얘기로 도배가 되어 있는데도 전혀 화가 나지 않았다. 일사불란하게 덮쳐 오는 기대감으로 심장이 뛰었다. 내가 이런 기분을 느껴 본 적이 있다는 것조차 까먹은 지 오래였다. 나는 오희라 천사님, 아니 오희라 편집자님이 혹시 제안을 거두어 갈까 두려워졌다. 휴대폰으로 토토도독 답변을 작성하다가 여의치 않아 구석에 먼지를 뒤집어쓰고 처박혀 있는 노트북을 꺼냈다. 너무 기쁜 티가 나지 않도록 신중히 답변을 작성한 후 전송 버튼을 눌렀다.

그리고 일단은 써 내려가기 시작했다.

언러키 스타트업

1판 1쇄 펴냄 2022년 10월 7일
1판 5쇄 펴냄 2024년 10월 21일
지은이 정지음
발행인 박근섭, 박상준
펴낸곳 (주)민음사
출판등록 1966. 5. 19. (제16-490호)
주소 서울시 강남구 도산대로1길 62 강남출판문화센터 5층 (06027)
대표전화 02-515-2000   팩시밀리 02-515-2007
www.minumsa.com
© 정지음, 2022. Printed in Seoul, Korea
ISBN 978-89-374-2734-3 03810